COLLECTION FOLIO

Jouons avec les mots

Jeux littéraires

Édition de Julie Pujos

Gallimard

HISTOIRE
DE LA LITTÉRATURE

LITTÉRATURE : *art de lutte et de râles ; ou bien raclures de littoral.*

MICHEL LEIRIS
Glossaire, j'y serre mes gloses

PREMIÈRE PHRASE

*« Aujourd'hui maman est morte », « Longtemps, je me suis couché de bonne heure »... Tout le monde connaît l'*incipit, *c'est-à-dire la première phrase, de* L'étranger *ou d'*À la recherche du temps perdu, *mais saurez-vous dire quelles œuvres commencent par les mots suivants ?*

« Nous étions à l'Étude, quand le Proviseur entra, suivi d'un *nouveau* habillé en bourgeois et d'un garçon de classe qui portait un grand pupitre. »

. . . .

« C'est ici un livre de bonne foi, lecteur. »

. . . .

« Un jour, je m'aperçus avec effroi que j'étais devenu une grande personne, un empaillé de trente-huit ans. »

. . . .

« Gervaise avait attendu Lantier jusqu'à deux heures du matin. »

. . . .

« Une maison au milieu d'une cour d'école. »

. . . .

« C'était l'hiver sur Belleville et il y avait cinq personnages. »

. . . .

« "C'est le moment de croire que j'entends des pas dans le corridor", se dit Bernard. »

. . . .

« L'Empire n'avait jamais connu la paix. »

. . . .

« Les murs qui ferment ma retraite seront ceux de mon tombeau. »

. . . .

« Merdre. »

. . . .

« J'ai possédé une ferme en Afrique, au pied du Ngong. »

. . . .

DERNIERS MOTS

*Après l'*incipit, *voici l'*excipit, *la dernière phrase d'un roman. Saurez-vous dire quels romans s'achèvent par ces mots ? Plus difficile...*

« Les Bienveillantes avaient retrouvé ma trace. »

. . . .

« La beauté dans ce monde. »

. . . .

« Pour que tout soit consommé, pour que je me sente moins seul, il me rester à souhaiter qu'il y ait beaucoup de spectateurs le jour de mon exécution et qu'ils m'accueillent avec des cris de haine. »

. . . .

« C'était aussi le dimanche des enfants. »

. . . .

« Et les bêtes dansaient. »

. . . .

« J'ai écrit cette histoire en mémoire d'une jeune fille qui fut malgré elle une héroïne à vingt ans. »

. . . .

« Tout un homme fait de tous les hommes et qui les vaut tous et que vaut n'importe qui. »

. . . .

« C'était principalement pour laisser à ce travail de traduction qui devait être préliminaire, le temps de se faire, que l'adoption définitive du novlangue avait été fixée à une date si tardive : 2050. »

. . . .

« Et moi, qui n'ai jamais eu l'occasion de le voir, je le salue et lui dis adieu. »

. . . .

« J'ai perdu le dernier lien avec le monde dont je suis issue. »

. . . .

ÉPITAPHES

Connaissez-vous l'expression : « Être menteur comme une épitaphe » ? En effet, la phrase qui figure sur la pierre tombale tend parfois à enjoliver la réalité... Savez-vous sur la tombe de quels écrivains sont gravés ces mots ?

Mes chers amis, quand je mourrai
Plantez un saule au cimetière.
J'aime son feuillage éploré
La pâleur m'en est douce et chère
Et son ombre sera légère
À la terre où je dormirai.

. . . .

Indice : poète né à Paris en 1810 et mort en 1857.

L'oiseau s'en va, la feuille tombe
L'amour s'éteint, car c'est l'hiver
Petit oiseau viens sur ma tombe
Chanter quand l'arbre sera vert.

. . . .

Indice : poète, romancier, peintre et critique d'art du XIXe siècle.

Jean s'en alla comme il était venu,
Mangea le fonds avec le revenu,
Tint les trésors chose peu nécessaire.
Quant à son temps, bien le sut dispenser :
Deux parts en fit, dont il soulait passer
L'une à dormir et l'autre à ne rien faire.

. . . .

Indice : né à Château-Thierry en 1621.

Henri Beyle, milanais, vécut, aima, écrivit.

. . . .

Indice : cet écrivain français composa lui-même son épitaphe en italien.

Et pour rire jusqu'à la fin, l'épitaphe d'Alphonse Allais. Sa tombe, située dans l'ancien cimetière de Saint-Ouen, a été détruite par un obus pendant la Seconde Guerre mondiale.

Ci-gît Allais — sans retour.

NOMS DE PLUME

Romain Gary, de son vrai nom Romain Kacew, écrivait aussi sous le nom d'Émile Ajar et reçut ainsi par deux fois le prix Goncourt, mystifiant le jury. Comme lui, de nombreux écrivains ont choisi d'utiliser un nom de plume. Connaissez-vous le pseudonyme des écrivains suivants ?

Gérard Labrunie

. . . .

Charles Dodgson

. . . .

Frédéric-Louis Sauser

. . . .

Hiraoka Kimitake

. . . .

Eugène Émile-Paul Grindel

. . . .

Henri Beyle

. . . .

Mohammed Moulessehoul

. . . .

Jean-Baptiste Poquelin

. . . .

Samuel Langhorne Clemens

. . . .

Ettore Schmitz

. . . .

SURNOMS

Connaissez-vous les écrivains qui se cachent derrière les surnoms animaliers — pas toujours très aimables... — suivants ?

Le taureau triste

. . . .

Le castor

. . . .

La vache bretonne de la littérature

. . . .

Le porc épique

. . . .

Le paon total

. . . .

PETITE GÉOGRAPHIE DES ÉCRIVAINS

Certains écrivains ont enraciné leur œuvre dans une région française, comme George Sand (le Berry) ou Honoré de Balzac (la Touraine). Saurez-vous rendre à chacun sa région natale ?

Alphonse Daudet •		• Provence
Jean Giono •		• Vosges
Patrick Chamoiseau •		• Charente
François-René de Chateaubriand •		• Normandie
Pierre Loti •		• Languedoc
Maurice Barrès •		• Picardie
Gustave Flaubert •		• Bretagne
Paul Claudel •		• Corse
Marie Ferranti •		• Ardennes
Arthur Rimbaud •		• Martinique

MÉTIERS D'ÉCRIVAINS

Vivre de sa plume, tous les écrivains en rêvent, mais rares sont ceux qui y parviennent. Savez-vous quels métiers ou petits boulots ont permis aux auteurs suivants de consacrer leurs loisirs à la littérature pour notre plus grand plaisir ?

David Foenkinos •	• kinésithérapeute
William Faulkner •	• journaliste
Régine Detambel •	• professeur de guitare
Leonardo Sciascia •	• traducteur
Paul Morand •	• scénariste
Arthur Conan Doyle •	• professeur de boxe
Ernest Hemingway •	• instituteur
Vladimir Nabokov •	• détective privé
Julio Cortázar •	• médecin
Dashiell Hammett •	• diplomate

MUSES ET ÉGÉRIES

« Poète, prends ton luth et me donne un baiser », demandait la muse d'Alfred de Musset. Car derrière un grand écrivain, il y a souvent une femme qui lui a inspiré ses plus belles pages... De qui ces dames furent-elles les muses ?

Louise Colet

. . . .

Helena Dmitrievna Delouvina Diakonova, dite Gala

. . . .

Juliette Drouet

. . . .

Simone de Beauvoir

. . . .

Sophie Volland

. . . .

Anaïs Nin

. . . .

La comtesse Hanska

. . . .

Germaine de Staël

. . . .

Françoise-Louise de Warens

. . . .

Lou Andreas-Salomé

. . . .

COUPLES LITTÉRAIRES

On ne compte plus les amoureux célèbres dans la littérature mondiale : Roméo et Juliette, Humbert Humbert et Lolita, Chimène et Rodrigue... Pourrez-vous reformer les couples suivants ?

Julien Sorel	•	•	Yvonne de Galais
Charles Swann	•	•	Nathalie
Solal	•	•	Louise de Rênal
Heathcliff	•	•	Manon Lescaut
Augustin Meaulnes	•	•	Odette de Crécy
M. de Nemours	•	•	Cécile Volanges
Le chevalier Danceny	•	•	La princesse de Clèves
Robert Jordan	•	•	Pauline de Théus
Werther	•	•	Catherine Earnshaw
Angelo Pardi	•	•	Maria
Le chevalier Des Grieux	•	•	Ariane
Markus	•	•	Charlotte

POINTS COMMUNS

Ils n'ont pas toujours vécu à la même époque ni dans le même pays. Pourtant ces écrivains ont un point commun. Lequel ?

François Villon et Oscar Wilde

. . . .

Homère et Jorge Luis Borges

. . . .

André Gide et Julien Gracq

. . . .

Luigi Pirandello et J. M. G. Le Clézio

. . . .

Casanova et Beaumarchais

. . . .

Laclos et Guilleragues

. . . .

Eugène Labiche et Jean d'Ormesson

. . . .

Gustave Flaubert et Molière

. . . .

Alain-Fournier et Charles Péguy

. . . .

PRIX GONCOURT

Depuis 1903, le prix Goncourt est décerné chaque année au début du mois de novembre. Tous ces écrivains ont reçu ce prestigieux prix. Pour quel roman ?

1919. Marcel Proust . . . .
1933. André Malraux . . . .
1944. Elsa Triolet . . . .
1949. Robert Merle . . . .
1956. Romain Gary . . . .
1970. Michel Tournier . . . .
1975. Émile Ajar . . . .
1978. Patrick Modiano . . . .
1992. Patrick Chamoiseau . . . .
1995. Andreï Makine . . . .
2001. Jean-Christophe Rufin . . . .
2007. Gilles Leroy . . . .
2008. Atiq Rahimi . . . .
2009. Marie NDiaye . . . .
2011. Alexis Jenni . . . .

PERSONNAGES RÉELS OU FICTIFS ?

« Faisons à nous deux un héros de roman ! » dit Cyrano de Bergerac au jeune Christian dans la pièce d'Edmond Rostand. Mais Cyrano a-t-il existé ou n'est-il que le fruit de l'imagination de l'écrivain ? Qu'en est-il des personnages suivants ?

Sherlock Holmes, héros des *Aventures de Sherlock Holmes* d'Arthur Conan Doyle

. . . .

Vautrin, héros de *La Comédie humaine* de Balzac

. . . .

Jean Valjean, héros des *Misérables* de Victor Hugo

. . . .

Griet, héroïne de *La jeune fille à la perle* de Tracy Chevalier

. . . .

Nikola Tesla, héros du *Prestige* de Christopher Priest

. . . .

Cyrano de Bergerac, héros de la pièce éponyme d'Edmond Rostand

. . . .

Ulysse, héros de l'*Odyssée* d'Homère

. . . .

D'Artagnan, héros des *Trois Mousquetaires* d'Alexandre Dumas

. . . .

L'ART DU SOUS-TITRE

Souvent les écrivains donnent un sous-titre à leur œuvre. Saurez-vous retrouver la première partie des titres suivants ?

Anouilh	. . . .	*ou L'amour puni*
Rousseau	. . . .	*ou La Nouvelle Héloïse*
Tournier	. . . .	*ou La source et le buisson*
Memmi	. . . .	*ou La confession imaginaire*
Voltaire	. . . .	*ou L'optimisme*
Walder	. . . .	*ou La négociation*
Beaumarchais	. . . .	*ou La folle journée*
Nabokov	. . . .	*ou L'ardeur*
Romains	. . . .	*ou Le triomphe de la médecine*
Yourcenar	. . . .	*ou Le traité du vain combat*
Flaubert	. . . .	*ou Histoire d'un jeune homme*

ART BREF

Aphorismes, traits d'esprit, saillies… Retrouvez l'auteur de chacune de ces citations.

« Posséder n'est rien, c'est jouir qui est tout. »

. . . .

« Le seul lien qui nous reste actuellement en Angleterre entre la Littérature et le Théâtre, c'est l'affiche de la pièce. »

. . . .

« Qui veut noyer son chien l'accuse de la rage. »

. . . .

« Qui vit sans folie n'est pas si sage qu'il croit. »

. . . .

« Il ne suffit pas d'être heureux : il faut encore que les autres ne le soient pas. »

. . . .

« L'homme n'est ni ange ni bête, et le malheur veut que qui veut faire l'ange fait la bête. »

. . . .

« La même chose souvent est, dans la bouche d'un homme d'esprit, une naïveté ou un bon mot, et dans celle du sot, une sottise. »

. . . .

« Dieu n'a créé les femmes que pour apprivoiser les hommes. »

. . . .

« Évidence. Vous aveugle, quand elle ne crève pas les yeux. »

. . . .

« Je me presse de rire de tout, de peur d'être obligé d'en pleurer. »

. . . .

LES INTRUS

Dans chacune des listes suivantes, saurez-vous repérer l'intrus ?

☐ *Quatre générations sous un même toit* de Lao She
☐ *Pèlerinage aux trois montagnes* de Yukio Mishima
☐ *L'âge des méchancetés* de Fumio Niwa
☐ *Journal d'un vieux fou* de Junichirô Tanizaki

. . . .

☐ *La mer de la fertilité* de Yukio Mishima
☐ *Les aventures de Vlad Taltos* de Steven Brust
☐ *Les Rougon-Macquart* d'Émile Zola
☐ *La forêt des Mythagos* de Robert Holdstock

. . . .

☐ *Sonietchka* de Ludmila Oulitskaïa
☐ *La défense Loujine* de Vladimir Nabokov
☐ *Suite française* d'Irène Némirovsky
☐ *La guerre et la paix* de Léon Tolstoï
☐ *Une saga moscovite* de Vassili Axionov

. . . .

☐ *La ballade de la geôle de Reading* d'Oscar Wilde
☐ *Les Fleurs du mal* de Charles Baudelaire
☐ *Romancero gitan* de Federico García Lorca
☐ *La chanson des gueux* de Naguib Mahfouz

. . . .

☐ *Les diablogues et autres inventions à deux voix* de Roland Dubillard
☐ *Goodbye, Columbus* de Philip Roth
☐ *Le mur* de Jean-Paul Sartre
☐ *Les armes secrètes* de Julio Cortázar

. . . .

DE L'ÉCRIT À L'ÉCRAN

Jean Cocteau disait : « Le cinéma, c'est l'écriture moderne dont l'encre est la lumière. » La littérature est un gisement d'histoires pour les scénaristes. Saurez-vous dire de quels romans ont été tirés les films suivants ?

Les amants diaboliques de Luchino Visconti (1942)

. . . .

La traversée de Paris de Claude Autant-Lara, avec Bourvil et Jean Gabin (1956)

. . . .

Syriana de Stephen Gaghan, avec George Clooney et Matt Damon (2005)

. . . .

La légende du pianiste sur l'océan, de Giuseppe Tornatore, avec Tim Roth (1998)

. . . .

Diamants sur canapé de Blake Edwards, avec Audrey Hepburn (1961)

. . . .

Apocalypse Now de Francis Ford Coppola, avec Martin Sheen et Marlon Brando (1979)

. . . .

Le parfum d'Yvonne de Patrice Leconte, avec Hippolyte Girardot et Jean-Pierre Marielle (1994)

. . . .

La couleur du mensonge de Robert Benton, avec Nicole Kidman et Anthony Hopkins (2003)

. . . .

La piel que habito de Pedro Almodóvar, avec Antonio Banderas (2011)

. . . .

Le festin de Babette de Gabriel Axel, avec Stéphane Audran (1987)

. . . .

CONTES DE FÉES

Personnage merveilleux qui aide le héros dans les situations difficiles, la fée n'a pas toujours été aussi sympathique qu'aujourd'hui. Souvenez-vous de la fée Carabosse dans La Belle au bois dormant*... Saviez-vous qu'étymologiquement la fée est une héritière des terribles Parques (*Fatae *en latin), ces femmes qui tenaient entre leurs mains les fils du destin des hommes ?*

À qui doit-on les *Contes de ma mère l'Oye* ?

- Beatrix Potter
- Charles Perrault
- Marcel Aymé

À qui doit-on la première version de *La Belle et la Bête* en 1740 ?

- Madame de Villeneuve
- Madame d'Aulnoy
- Madame Leprince de Beaumont

À qui doit-on *La petite sirène* ?

- Hans Christian Andersen

- Les frères Grimm
- La comtesse de Ségur

De quelle ville est originaire la fée Mélusine ?

- Avalon
- Lusignan
- Lille

Il voyage sur un boulet de canon. Qui est-ce ?

- Le baron de Münchhausen
- Le Petit Poucet
- Pinocchio

Laquelle n'est pas une fée ?

- Morgane
- Clochette
- Hermione Granger

La fée du robinet et la sorcière du placard aux balais ont enchanté des milliers d'enfants. Qui les a inventées ?

- Karen Blixen
- Pierre Gripari
- Roald Dahl

Elle a inspiré Prokofiev, Massenet, Georges Méliès et Walt Disney. Qui est-elle ?

- Le petit chaperon rouge
- La petite marchande d'allumettes
- Cendrillon

Jean-Pierre Enard a détourné les contes de fées pour en faire des histoires à ne pas mettre entre toutes les mains... Quel est le titre de son recueil ?

- *Piège pour Cendrillon*
- *Contes de crimes*
- *Contes à faire rougir les petits chaperons*

LE ROMAN POLICIER

Enquêtes, thrillers, hard boiled, romans judiciaires, romans noirs... le roman policier a de nombreuses facettes. Êtes-vous un amateur de frissons ?

Qui est le créateur des personnages de Cercueil et du Fossoyeur ?

- Chester Himes
- Jim Thompson
- Donald Westlake

Qui interprète Sam Spade dans l'adaptation du *Faucon maltais* de Dashiell Hammett, réalisée par John Huston ?

- Sean Connery
- Humphrey Bogart
- Pierce Brosnan

Il est l'auteur d'une trilogie qui se déroule à Marseille et dont le héros est Fabio Montale.

- Marcel Pagnol

• Jean-Claude Izzo
• Pierre Magnan

Son inspecteur norvégien Harry Hole l'a rendu célèbre dans le monde entier.

• Jo Nesbø
• Staffan Westerlund
• Leif Davidsen

Avant d'être le célèbre auteur du *Liseur*, il écrivit des romans policiers avec Walter Popp.

• Tonino Benacquista
• Didier Daeninckx
• Bernhard Schlink

Quel est le nom de l'inspecteur maori qui a propulsé Caryl Férey parmi les meilleurs écrivains de thrillers français ?

• Jack Fitzgerald
• Philip Marlowe
• John Rebus

Auteur reconnu de science-fiction, il est l'auteur de trois thrillers haletants dont Joe Kurtz est le héros.

• Fredric Brown
• Richard Matheson
• Dan Simmons

Avant de défrayer la chronique judiciaire, il était surtout connu en France comme auteur de romans noirs.

• Cesare Battisti

- James M. Cain
- DOA

Sous quel titre le roman *Reality Show* de Larry Beinhart qui dénonce les manipulations autour de la première intervention américaine en Irak a-t-il été adapté au cinéma par Barry Levinson ?

- *Leurre de vérité*
- *Des hommes d'influence*
- *The Truman Show*

On dit de lui qu'il est l'homme aux 400 livres et aux 10 000 femmes. Qui est cet écrivain prolifique ?

- James Hadley Chase
- Charles Williams
- Georges Simenon

SCIENCE-FICTION, FANTASY ET FANTASTIQUE

Extraterrestres, dragons et vampires hantent ces mondes imaginaires parfois bien proches de notre réalité... Connaissez-vous bien ces univers ?

Il est le concepteur de la psychohistoire dans *Fondation* d'Isaac Asimov. Qui est-il ?

- Hari Seldon
- Nat Schachner
- Salvor Hardin

Dans *La séparation* de Christopher Priest, un historien tente de savoir si Rudolf Hess est parvenu à mettre un terme à la Seconde Guerre mondiale sans en informer Hitler. À quel courant appartient ce brillant roman ?

- uchronie
- steampunk
- fantastique

Qui est l'auteur du roman *Je suis une légende*, étonnante réécriture du mythe du vampire qui a été portée à l'écran en 2007 avec Will Smith dans le rôle principal ?

- Bram Stoker
- Lucius Shepard
- Richard Matheson

Alain Damasio est l'auteur de l'un des plus grands succès de la science-fiction française de ces dernières années, récompensé par le Grand Prix de l'Imaginaire en 2006. De quel roman s'agit-il ?

- *Solaris*
- *La zone du Dehors*
- *La horde du Contrevent*

L'univers de la science-fiction peut aussi être carrément loufoque. Douglas Adams, l'auteur du *Guide du voyageur galactique*, en est l'un des meilleurs représentants. Connaissez-vous le nom du héros de ce guide pour détendre les zygomatiques ?

- Arthur Dent
- Dirk Gently
- Thomas Day

Son héros, Montag, est un pompier qui se rebelle et tente d'empêcher la destruction des livres par le feu. Quel est ce roman, l'un des plus célèbres de la SF ?

- *Auto-da-fé* d'Elias Canetti
- *Fahrenheit 451* de Ray Bradbury
- *Le livre de Cendres* de Mary Gentle

Dans *Minority Report*, grâce aux Precogs, l'inspecteur John Anderton peut déjouer les crimes avant qu'ils ne soient commis. L'auteur de cette nouvelle est l'un des écrivains de SF favoris d'Hollywood. Qui est-ce ?

- H. G. Wells
- Harlan Ellison
- Philip K. Dick

Maître de l'*heroic fantasy,* sa saga nous entraîne sur les traces d'Alexandre le Grand dans la Grèce antique. Qui est-ce ?

- David Gemmell, *Le lion de Macédoine*
- Robert Holdstock, *La forêt des Mythagos*
- Philip Pullman, *À la croisée des mondes*

Deux de ses romans parus en Folio SF se déroulent dans un Japon mystérieux, peuplé de dragons et de samouraïs. Qui est-il ?

- Roger Zelazny
- Thomas Day
- Mircea Cărtărescu

LE CENTENAIRE
DES ÉDITIONS GALLIMARD

En 2011, la célèbre maison d'édition a fêté son centenaire. Expositions, articles, émissions ont raconté l'histoire de Gallimard. Qu'en avez-vous retenu ?

Après un « faux départ » en novembre 1908, *La N.R.F.* commence à paraître en février 1909. Mais que signifient les initiales N.R.F. ?

- *La Nouvelle Revue française*
- *Le Nouveau Roman français*
- *La Nouvelle Reliure française*

À la demande de quels écrivains Gaston Gallimard prend-il la tête des Éditions de la N.R.F. en 1911 ?

- Léon-Paul Fargue et Jacques Copeau
- André Gide et Jean Paulhan
- Marcel Arland et Raymond Queneau

En quelle année les Éditions de la N.R.F. deviennent-elles les Éditions Gallimard ?

- 1915

- 1919
- 1939

En quelle année Jacques Schiffrin a-t-il lancé la prestigieuse Bibliothèque de la Pléiade ?

- 1919
- 1931
- 1952

Quel écrivain et traducteur est le fondateur de la mythique Série Noire ?

- Albert Simonin
- Boris Vian
- Marcel Duhamel

Dotée d'un fonds exceptionnel, la collection « Du monde entier » existe depuis 1931. En 1933, elle accueille le premier roman de William Faulkner traduit en France. Il s'agit de :

- *Tandis que j'agonise*
- *Le bruit et la fureur*
- *Sanctuaire*

1972 est l'année de la naissance de la collection Folio, qui compte aujourd'hui plus de 5 000 titres. Quel est le n° 1 ?

- *La condition humaine* d'André Malraux
- *Le vieil homme et la mer* d'Ernest Hemingway
- *Vol de nuit* d'Antoine de Saint-Exupéry

Depuis 2007, la collection Folio 2 € accueille une série de textes inédits. Quel est le nom de cette série ?

- Femmes de lettres
- Petits éloges
- Petits plaisirs

JOUER AVEC LES MOTS

Un mot peut avoir puissance aussi par la superstition, comme on voit bien par les noms de lieux, qui sonnent autrement pour l'un que pour l'autre les souvenirs forts qui y sont liés. Ainsi, pour un provincial, le nom de la ville où il a appris la politesse ; ainsi les noms exotiques pour ceux qui ont voyagé ; ainsi les noms devenus célèbres par l'histoire et par les œuvres. On dit bien qu'il y a une magie des mots, et des préférences de sentiment ou des aversions en chacun.

ALAIN
Système des beaux-arts

ACROSTICHES

La lecture de la première lettre ou du premier mot de chacun des vers révèle un mot ou un message dissimulé. À vous de découvrir ces secrets !

Quel poète se cache derrière ces vers ?

Vous portâtes, digne Vierge, princesse,
Iésus régnant qui n'a ne fin ne cesse,
Le Tout-Puissant, prenant notre faiblesse,
Laissa les cieux et nous vint secourir,
Offrit à mort sa très clère jeunesse ;
Notre Seigneur tel est, tel le confesse :
En cette foi, je veuil vivre et mourir.

. . . .

À qui Guillaume Apollinaire envoie-t-il cet Adieu *?*

L'amour est libre il n'est jamais soumis au sort
O Lou le mien est plus fort encor que la mort
Un cœur le mien te suit dans ton voyage au Nord

Lettres Envoie aussi des lettres ma chérie
On aime en recevoir dans notre artillerie
Une par jour au moins une au moins je t'en prie

Lentement la nuit noire est tombée à présent
On va rentrer après avoir acquis du zan
Une deux trois À toi ma vie À toi mon sang

La nuit mon cœur la nuit est très douce et très blonde
O Lou le ciel est pur aujourd'hui comme une onde
Un cœur le mien te suit jusques au bout du monde

L'heure est venue Adieu l'heure de ton départ
On va rentrer Il est neuf heures moins le quart
Une deux trois Adieu de Nîmes dans le Gard

. . . .

Nouvel acrostiche du même Guillaume Apollinaire, mais à une autre femme... Laquelle ?

Mon aimée adorée avant que je m'en aille
Avant que notre amour, Maria, ne déraille,
Râle et meurt, m'amie, une fois, une fois,
Il faut nous promener tous deux seuls dans les bois,
Alors je m'en irai plein de bonheur je crois.

. . . .

C'est à Corneille que l'on doit l'acrostiche le plus surprenant du théâtre classique dans Horace *(II, 3).*

S'attacher au combat contre un autre soi-même
Attaquer au parti qui prend pour défenseur
Le frère d'une femme et l'amant d'une sœur,
Et rompant tous ces nœuds, s'armer pour la patrie,
Contre un sang qu'on voudrait racheter de sa vie,
Une telle vertu n'appartenait qu'à nous
L'éclat de son grand nom lui fait peu de jaloux

. . . .

Les vers suivants sont attribués à Alfred de Musset et George Sand. Si leur authenticité est contestée, ils n'en demeurent pas moins savoureux...

Quand je mets à vos pieds un éternel hommage
Voulez-vous qu'un instant je change de visage ?
Vous avez capturé les sentiments d'un cœur
Que pour vous adorer forma le Créateur.
Je vous chéris, amour, et ma plume en délire
Couche sur le papier ce que je n'ose dire.
Avec soin, de mes vers, lisez les premiers mots
Vous saurez quel remède apporter à mes maux.

Réponse de la dame :

Cette insigne faveur que votre cœur réclame
Nuit à ma renommée et répugne à mon âme.

. . . .

Le poète et romancier Pierre Louÿs a laissé un Acrostiche saphique *(1891) à ne pas mettre sous tous les yeux.*

Dans le lit maculé de foutre et de salive
Eve nue en chaleur et le ventre écumant
Unit sa belle bouche au con de son amant
Xavière aux poils crépus sur une chair olive

Grandes, plongeant la tête au gouffre des genoux,
O qu'elles font un couple atroce de femelles
Un couple oroventral bandant jusqu'aux mamelles
Gavé de foutre clair et plein d'horreur pour nous

Nous les aimons pourtant, les gougnottes chéries
Ouvrant leurs bouches d'ombre et leurs vulves fleuries
Trous d'amour destinés à nos membres virils

Tout leur être nous a des grâces embrouillées
Et nous aimons, avec des gestes puérils,
Sentir l'odeur des cons sur leurs bouches mouillées.

. . . .

ALLOGRAPHE

De nos jours, les SMS et autres Textos ont popularisé l'allographe, c'est-à-dire la transcription d'un texte en lettres initiales, mais depuis longtemps déjà des écrivains s'y sont essayés. Saurez-vous déchiffrer et récrire ci-dessous le texte suivant de Louise de Vilmorin ?

ABI ABI
GAC CD MÉ OBI
É WQ RÉV FUI

OJVMO MIL MR
ABI ABI
LN MA FY LHR LÉT

. . . .
. . . .
. . . .

. . . .
. . . .
. . . .

ANAGRAMMES

ANAGRAMME : *arène, gamme, rame ; mare de marges et de ramages.*

MICHEL LEIRIS
Glossaire, j'y serre mes gloses

Comme le dit si bien Pierre de Ronsard dans Les amours *: « Marie, qui voudroit vostre beau nom tourner Il trouveroit aimer : aimez-moi donc, Marie. » Il s'agit d'intervertir les lettres d'un mot pour écrire un autre mot. Saurez-vous retrouver les anagrammes suivantes ?*

Henry de Montherlant, dans *Les jeunes filles* :
« Éternité est l'anagramme d'… »

. . . .

Robert Desnos, *Rrose Sélavy*, dans *Corps et biens* :
« Mon crâne, étoile de… qui s'… »

. . . .

Michelle Grangaud, auteur de l'OuLiPo, s'est essayée aux anagrammes des stations du métro parisien. Pourrez-vous retrouver de quelles stations il s'agit ?

Ligne 1 :
Ville ouvroir

. . . .

Ligne 2 :
Phare à siècle

. . . .

Ligne 6 :
Lac de la pitié

. . . .

Sources le verbe

. . . .

Ligne 9 :
Proses de vent

. . . .

Les écrivains ont toujours aimé se cacher derrière des anagrammes de leur nom. Sous quelle anagramme sont plus connus les écrivains suivants ?

Marguerite de Crayencour (à une lettre près)

. . . .

Jean-Baptiste Rossi

. . . .

Pauvre Lelian

. . . .

Serafino Calbarsi

. . . .

CENTON

Le centon est un jeu qui consiste à assembler plusieurs fragments ou phrases pour en faire un ensemble cohérent. Le poème suivant est composé de quelques-uns des vers les plus célèbres de la littérature française. Saurez-vous rendre ces vers à leurs auteurs ?

Mais où sont les neiges d'antan ?
Le temps a laissé son manteau
De vent de froidure et de pluie
Le ciel est par-dessus le toit
Beau ciel, vrai ciel, regarde-moi qui change
Entends ma chère, entends la douce nuit qui marche
Cette obscure clarté qui tombe des étoiles
Cette faucille d'or dans le champ des étoiles
Ô temps, suspends ton vol !
Poète, prends ton luth et me donne un baiser
Et tout le reste est littérature.

Charles Baudelaire — Pierre Corneille — Victor Hugo — Alphonse de Lamartine — Alfred de Musset — Charles d'Orléans — Paul Valéry — Paul Verlaine — François Villon

CHARADES ET ÉNIGMES

Comme l'aviateur auquel le Petit Prince demande : « Pourquoi parles-tu toujours par énigmes ? », de nombreux écrivains ont aimé y jouer. Trouverez-vous la réponse à celles-ci ?

Voltaire :

Mon premier est une voiture
Mon second voiture
Mon tout est une voiture

. . . .

Victor Hugo :

Mon premier est ce que l'on dit à un menuisier qui a compté sur sa note des copeaux en trop
Mon second est la fin de l'homme
Mon tout est un mets délicieux

. . . .

Voltaire :

Cinq voyelles, une consonne,
En français composent mon nom
Et je porte sur ma personne
De quoi l'écrire sans crayon

. . . .

Nicolas Boileau :

Du repos des humains, implacable ennemie
J'ai rendu mille amants envieux de mon sort
Je me repais de sang et je trouve ma vie
Dans les bras de celui qui recherche ma mort.

. . . .

Jean-Jacques Rousseau :

Enfant de l'art, enfant de la nature,
Sans prolonger les jours, j'empêche de mourir ;
Plus je suis vrai, plus je fais imposture,
Et je deviens trop jeune à force de vieillir.

. . . .

Fontenelle :

Je fus demain, je serai hier.

. . . .

LIPOGRAMMES

Le plus célèbre lipogramme de la langue française est sans doute La disparition *de Georges Perec, roman qui ne contient pas la lettre E. Voici quelques exemples de lipogrammes. À vous de trouver les lettres disparues…*

Raymond Queneau :

LIPOGRAMME EN…

Au son d'un ocarina qui jouait l'*Or du Rhin*, Ali Baba, un pacha nain plus lourd qu'un ours, un gros patapouf, baffrait riz, pois, macaroni gisant dans un jus suri, un jus qui aurait trop bouilli, un jus qui aurait acquis un goût ranci ou moisi. Sous son divan, son chat goûtait à son mou. Ali Baba rota, puis il avala un rôti. Bon, dit-il, allons-y. Hardi, il prit son fusil, son arc, son bazooka, son tambour. Il allait, battant champs, bois, monts, vallons, montant son dada favori. Sans savoir où il irait ainsi, il chassa un lion qui, à coup sûr, broutait l'ananas dans la pampa ; l'animal croyait qu'il y avait alluvion sous roc. Ali

Baba cria : à quoi bon ? Avait-il la solution du truc ? du machin ? Il aurait fallu pour ça l'addition, la soustraction, la multiplication, la division. Il ajouta trois à cinq, il trouva huit ; il ajouta six à un, il trouva huit moins un. Quoi, dit l'idiot abruti, un calcul ? Il tua Ali Baba ; quant au lion, il courut si fort qu'il mourut.

LIPOGRAMME EN..., EN... ET EN...

Ondoyons un poupon, dit Orgon, fils d'Ubu. Bouffons choux, bijoux, poux, puis du mou, du confit, buvons non point un grog : un punch. Il but du vin itou, du rhum, du whisky, du coco, puis il dormit sur un roc. Un bruit du ru couvrit son son. Nous irons sous un pont où nous pourrons promouvoir un dodo, dodo du poupon du fils d'Orgon fils d'Ubu. Un condor prit son vol. Un lion riquiqui sortit pour voir un dingo. Un loup fuit. Un oppossum court. Où vont-ils ? L'ours rompit son cou. Il souffrit. Un lis croît sur un mur : voici qu'il couvrit orillons ou goulots du cruchon ou du pot pur stuc. Ubu pond son poids d'or.

Et maintenant voici la traduction de deux célébrissimes poèmes par Georges Perec. Impressionnant, non ?

TRADUCTIONS LIPOGRAMMATIQUES DE POÈMES BIEN CONNUS

VOCALISATIONS

A noir (un blanc), I roux, U safran, O azur :
Nous saurons au jour dit ta vocalisation : A, noir
carcan poilu d'un scintillant morpion
Qui bombinait autour d'un nidoral impur,

Caps obscurs ; Qui cristal du brouillard ou du taud
Harpons du fjord hautain, rois blancs, frissons d'anis ?
I, carmins, sang vomi, riant ainsi qu'un lis
Dans la punition d'un courroux, d'un sanglot ;

U, vibrations, ronds divins du flot marin,
Paix du pâtis tissu d'animaux, paix du fin
Sillon qu'un fol savoir aux grands fronts imprima ;

O, finitif Clairon aux accords d'aiguisoir,
Soupirs ahurissant Nadir ou Nirvana :
O l'omicron, rayon violin dans son Voir !

Arthur Rimbaud

NOS CHATS

Amants brûlants d'amour, savants aux piouls glaciaux
Nous aimons tous autant dans nos saisons du jour
Nos chats puissants mais doux, honorant nos tripots
Qui, sans nous, ont trop froid, nonobstant nos amours.

Ami du Gai Savoir, ami du doux plaisir
Un chat va sans un bruit dans un coin tout obscur
Oh Styx, tu l'aurais pris pour ton poulain futur
Si tu avais, Pluton, aux Sclavons pu l'offrir !

Il a, tout vacillant, la station d'un hautain
Mais grand Sphinx somnolant au fond du Sahara
Qui paraît s'assoupir dans un oubli sans fin :

Son dos frôlant produit un influx angora
Ainsi qu'un diamant pur, l'or surgit, scintillant
Dans son voir nictitant divin, puis triomphant.

Un fils adoptif du Commandant Aupick

VILLES NATALES

Dans La statue de sel, *Albert Memmi affirme : « Comme une mère, une ville natale ne se remplace pas. » Saurez-vous rendre à chacun de ces habitants sa ville natale ?*

L'Angoumoisin . . . .

Le Vésigondin . . . .

Le Tourangeau . . . .

Le Messin . . . .

L'Agenais . . . .

Le Bisontin . . . .

Le Boulonnais . . . .

Le Dionysien . . . .

Le Ponot . . . .

Le Carolomacérien . . . .

VOCABULAIRE

La littérature n'a rien à voir avec la richesse du vocabulaire, sinon le plus grand des chefs-d'œuvre serait le dictionnaire.

PAUL LÉAUTAUD

LES COLLECTIONNEURS

Stendhal disait : « Rien ne rend l'esprit étroit et jaloux comme l'habitude de faire une collection. » Si tout le monde sait ce que collectionnent un philatéliste et un bibliophile, que collectionne :

Le cervalobélophile . . . .

Le fibulanomiste . . . .

Le copocléphile . . . .

Le microtyrosémiophile . . . .

Le vitolphiliste . . . .

Le scripophile . . . .

Le sibilumophile . . . .

L'ésitériophile . . . .

Le pressophile . . . .

Le conchyliophile . . . .

DRÔLES DE VERBES

Certains verbes, hérités de l'ancien français, n'existent plus que sous une forme conjuguée précise. Saurez-vous retrouver leur infinitif et en donner le sens ?

Devise de l'ordre anglais de la Jarretière :
« *Honni* soit qui mal y pense ! »

. . . .

Colette, *Dialogues de bêtes* :
« Je *gis* au fond d'un noir et doux sommeil. »

. . . .

Chateaubriand, *Mémoires d'outre-tombe* :
« Que le coche arrive en haut ou roule en bas, point ne m'en *chaut*. »

. . . .

Perrault, *Le Petit Chaperon rouge* :
« Le Loup lui cria en adoucissant un peu sa voix : "Tire la chevillette, la bobinette *cherra*." »

. . . .

Stendhal, *Racine et Shakespeare* :

« J'ai *ouï* parler, à cette époque, de plusieurs petites conspirations. »

. . . .

HOMONYMES

La pantoufle de Cendrillon est-elle en verre ou en vair ? Les pièges de l'homonymie sont nombreux, saurez-vous les déjouer ?

« J'avais pour les ☐ verts ☐ vers une prédilection passionnée ; je tenais la poésie pour la fleur et l'aboutissement de la vie. »

ANDRÉ GIDE
Si le grain ne meurt

« Être étonné comme une poule qui a couvé un œuf de ☐ cane ☐ canne. »

CHAMFORT
Caractères et anecdotes

« Il agitait ses feuilles pour en faire sécher ☐ l'ancre ☐ l'encre. »

ALBERT CAMUS
La peste

« Il s'était trompé ! Ah ! Mégarde ! Et depuis longtemps ! Ah ! Erreur n'est pas □ comte □ compte ! »

LOUIS-FERDINAND CÉLINE
Mort à crédit

« Il subissait cet ensorcellement féminin, mystérieux et tout-puissant, cette force inconnue, cette domination prodigieuse, venue on ne sait d'où, du démon de la chair, et qui jette l'homme le plus □ sensé □ censé aux pieds d'une fille quelconque sans que rien en elle explique son pouvoir fatal et souverain. »

GUY DE MAUPASSANT
La femme de Paul

« Au bas du papier, timbré d'un □ sceau □ sot d'argent représentant un chevalier casqué sous lequel se contournait cette devise : *Per viam rectam.* »

MARCEL PROUST
À l'ombre des jeunes filles en fleurs

« Je n'aime pas dans l'égalité parce que, dans la femme, c'est l'enfant que je cherche. Je ne puis avoir ni désir ni tendresse pour une femme qui ne me rappelle pas l'enfant.
« — Avec ça, on finit en correctionnelle comme □ satire □ satyre. »

HENRY DE MONTHERLANT
Pitié pour les femmes

« Il s'était joint à un groupe de missionnaires qui se rendaient à Madagascar et était mort en □ mer □ mère. »

JACQUES DE LACRETELLE
Silbermann

« Ces coiffures qui nécessitent □ d'exaucer □ d'exhausser de plusieurs coudées le cintre des portes féodales. »

VILLIERS DE L'ISLE-ADAM
Contes cruels

« N'était-elle pas le bon ange, comme il la nommait, la passion toujours ouverte d'où il ferait couler le □ sang □ cent de son génie ? »

ÉMILE ZOLA
La joie de vivre

INSULTES

« Le Vicomte : Maraud, faquin, butor de pied plat ridicule ! Cyrano : Ah ? Et moi, Cyrano-Savinien-Hercule De Bergerac. » Vous vous souvenez sans doute de cet échange assez vif dans la pièce de Rostand... Mais avant de devenir des injures, ces mots ont eu un sens original. Saurez-vous le retrouver ?

BUTOR
- ☐ oiseau échassier
- ☐ race de taureau
- ☐ écrivain

FAQUIN
- ☐ mannequin d'osier
- ☐ portefaix
- ☐ soldat

HARPIE
- ☐ personne bavarde
- ☐ monstre à tête de femme et corps d'oiseau
- ☐ musicienne

MARAUD	☐ rôdeur ☐ mendiant ☐ aventurier
CRAPULE	☐ joueur ☐ grenouille ☐ ivrogne
VIRAGO	☐ femme d'allure masculine ☐ vieille femme ☐ femme de mauvaise vie
GREDIN	☐ chien errant ☐ mendiant ☐ bandit de grand chemin
LASCAR	☐ matelot ☐ croûte noire et douloureuse ☐ magicien
SAGOUIN	☐ orphelin ☐ cochon ☐ petit singe
BADERNE	☐ tresse épaisse utilisée par les marins ☐ fine baguette ☐ vin éventé

LE MOT JUSTE

Parfois les mots se ressemblent, s'assemblent et se confondent... Et pourtant, il s'agit de ne pas se tromper, faute de quoi le sens de la phrase change !

« Ysé : Est-ce qu'il y a quelque chose □ d'imminent □ d'éminent ?

Mesa : La fin du monde est toujours quelque chose □ d'imminent □ d'éminent. »

PAUL CLAUDEL
Le partage de Midi

« Ni la grille de la cour, ni la porte d'entrée de la maison ne portaient des traces □ d'effraction □ d'infraction. »

HONORÉ DE BALZAC
Splendeur et misère des courtisanes

« Quand le soleil y donne c'est une fournaise : quand la tramontane souffle, une □ glacière □ glaciaire. »

ALPHONSE DAUDET
Le Petit Chose

« Une □ éruption □ irruption d'ecthyma m'avait défigurée : un médecin brûlait mes pustules avec du nitrate d'argent. »

SIMONE DE BEAUVOIR
Mémoires d'une jeune fille rangée

« Elle ne m'a point dit quelle était son □ intention □ attention relativement à vous, car j'évite avec grand soin de lui prononcer votre nom. »

GERMAINE DE STAËL
Corinne ou l'Italie

« J'aime le son du □ cor □ corps, le soir, au fond des bois. »

ALFRED DE VIGNY
Poèmes antiques et modernes

« … tu payes tes impôts, mais tu sais ce qu'on fait de ton argent. Tous les ans le □ percepteur □ précepteur t'envoie une lettre : Monsieur, vous avez payé tant, eh ! bien, ça représente tant de médicaments pour les malades ou tant de mètres carrés d'autostrade. »

JEAN-PAUL SARTRE
La mort dans l'âme

MOTS RARES

Certains mots ne sont plus guère d'usage courant, pourtant on les trouve sous la plume d'écrivains que nous lisons encore. Pourrez-vous en donner la définition ?

George Sand (*Les maîtres sonneurs*) :
« Cet homme nous accagnait de sottises. »

Accagner signifie ☐ accabler
☐ importuner
☐ hurler

Henry de Montherlant (*Les jeunes filles*) :
« Je commence à en avoir plein le dos, de ce margouillis pour les chats ! »

Margouillis signifie ☐ litière
☐ gâchis
☐ bouillie

Raymond Queneau (*Zazie dans le métro*) :
« Qu'est-ce qu'elle dirait ma moman si elle apprenait que tu me laisses insulter par un galapiat, un

gougnafier et peut-être même un conducteur du dimanche ? »

Galapiat signifie ☐ jeune homme
☐ vaurien
☐ noctambule

Victor Hugo (*Notre-Dame de Paris*) :

« Une fruitière me donnait une prune par-ci, un talmellier me jetait une croûte par-là. »

Talmellier signifie ☐ boulanger
☐ fromager
☐ aubergiste

Barbey d'Aurevilly (*Un prêtre marié*) :

« Aussi, quand il rencontra Sombreval et sa fille traversant le cimetière, fut-il frappé d'un éblouissement qui ne venait pas seulement de la beauté nitescente de Calixte, marchant dans l'éclat solaire d'un jour d'été. »

Nitescente signifie ☐ explosive
☐ nocturne
☐ lumineuse

JACTEZ-VOUS L'ARGOT ?

Du rififi chez les hommes, Touchez pas au grisbi, Razzia sur la chnouf... *grâce au polar des années 1950, l'argot a conquis ses lettres de noblesse. Saurez-vous traduire les termes argotiques suivants ?*

Un baveux . . . .

Une mandale . . . .

Une gapette . . . .

Chougner . . . .

Un arpion . . . .

Le palpitant . . . .

Une sulfateuse . . . .

Jalmince . . . .

Une roteuse . . . .

Une tige . . . .

Et juste pour le plaisir, découvrez le Sonnet bigorne *de Jean Richepin :*

SONNET BIGORNE

Argot classique

Luysard estampillait six plombes.
Mezigo roulait le trimard,
Et jusqu'au fond du coquemart
Le dardant riffaudait ses lombes.

Lubre, il bonissait aux palombes :
« Vous grublez comme un guichemard. »
Puis au sabri : « Birbe camard,
Comme un ord champignon tu plombes. »

Alors aboula du sabri
Moure au brisant comme un cabri,
Une fignole gosseline,

Et mezig parmi le grenu
Ayant rivanché la frâline,
Dit : « Volants, vous goualez chenu. »

LES PHOBIES

Saviez-vous que Mario Vargas Llosa et Serge Joncour sont aérodromphobes, qu'ils ont la peur panique de l'avion ? Savez-vous ce que déteste ou ce qui fait peur à...

Un bibliophobe . . . .

Un androphobe . . . .

Un nosophobe . . . .

Un bélénophobe . . . .

Un éreutophobe . . . .

Un acrophobe . . . .

Une plante calciphobe . . . .

Un gallophobe . . . .

Un cheimophobe . . . .

Un pyrophobe . . . .

RACINES GRECQUES

Marguerite Yourcenar écrivait dans les Mémoires d'Hadrien *que « tout ce que les hommes ont de mieux a été dit en grec ». Faites un petit saut dans le temps en retrouvant le sens des racines grecques des mots suivants :*

• Jules Verne, *Vingt mille lieues sous les mers* :
« Parmi ces précieuses **hydro**phytes, je remarquai des cladostèphes verticillées. »

HYDRO- = ...

• André Gide, *Le retour du Tchad* :
« Il m'est offert une superbe paire de bottes en cuir ouvragé, des calebasses **pyro**gravées et coloriées qui, pour ne valoir que quelques sous, n'en sont pas moins ravissantes. »

PYRO- = ...

• Roger Martin du Gard, *Jean Barois* :

« Est-ce que ce n'est pas à l'aide de la raison que les **théo**logiens établissent les preuves de l'existence de Dieu et de la Révélation ? »

THÉO- = ...

• Antoine de Saint-Exupéry, *Citadelle* :

« Ces échos profonds de **crypt**e. »

CRYPTO- = ...

• Alexandre Dumas, *Le comte de Monte-Cristo* :

« Quelque temps avant notre rupture, vous avez désiré étudier avec ce fameux **bary**ton qui a débuté avec tant de succès au théâtre-italien... »

BARY- = ...

RACINES LATINES

« Latin : est seulement utile pour lire les inscriptions des fontaines publiques. » Contrairement à ce qu'écrit Flaubert dans son Dictionnaire des idées reçues, *connaître cette langue morte permet souvent de comprendre certains mots qui en sont les héritiers...*

• Antoine de Saint-Exupéry, *Pilote de guerre* :
« Un **cirr**us d'aiguilles de glace. »

CIRR- = ...

• Marcel Proust, *Sodome et Gomorrhe* :
« Je veux présenter mes **hum**bles excuses à la chère Madame Verdurin et savoir d'elle la vérité. »

HUM- = ...

• Théophile Gautier, *Le capitaine Fracasse* :
« Les **cani**nes très pointues ressemblaient à des crocs de jeune loup. »

CANI- = ...

• Marcel Proust, *Sodome et Gomorrhe* :

« Il [le potin] empêche l'esprit de s'endormir sur la vue factice qu'il a de ce qu'il croit les choses et qui n'est que leur apparence. Il retourne celle-ci avec la **dextér**ité magique d'un philosophe idéaliste et nous présente rapidement un coin insoupçonné du revers de l'étoffe. »

DEXTER- = ...

• Simone de Beauvoir, *Mémoires d'une jeune fille rangée* :

« À la maison je sens que tout le monde est déjà complètement absorbé par les faire-part, les **félici**tations reçues, les cadeaux, la bague, le trousseau, la couleur des demoiselles d'honneur (je crois que je n'oublie rien) ; et ce grand remue-ménage de formalités ne me donne pas grande envie de rentrer... »

FELIX- = ...

LE JARGON DES ÉDITEURS

Chaque métier a son jargon et les éditeurs n'y échappent pas… Saurez-vous les comprendre ?

PRIÈRE D'INSÉRER
- ☐ communiqué sur un livre destiné à paraître dans les journaux
- ☐ marque-page
- ☐ feuillet publicitaire inséré dans un livre

QUATRIÈME DE COUVERTURE
- ☐ illustration de la couverture
- ☐ texte de présentation qui figure au dos du livre
- ☐ quatrième édition d'un livre signalée sur la couverture

BAS DE CASSE
- ☐ note en bas de page
- ☐ caractère minuscule, par opposition à la majuscule
- ☐ boîte pour ranger les caractères typographiques chez l'imprimeur

ÉDITION COURANTE

- ☐ livre dont les pages ne sont pas coupées
- ☐ édition régulièrement réimprimée
- ☐ première édition d'un livre en grand format, par opposition au livre de poche

RETOURS

- ☐ exemplaires invendus retournés par les libraires au bout de quelques mois
- ☐ articles de presse élogieux
- ☐ courrier des lecteurs que reçoit en général tout éditeur

BEAUX PAPIERS

- ☐ livres d'une grande qualité littéraire
- ☐ exemplaires tirés sur papier glacé
- ☐ exemplaires numérotés tirés sur beau papier comme du vélin à l'occasion de la première édition d'un livre

SERVICE DE PRESSE

- ☐ exemplaires défectueux, destinés à être pilonnés
- ☐ exemplaires dédicacés et envoyés gratuitement aux journalistes, libraires...
- ☐ exemplaires revendus par les bouquinistes

BELLE PAGE

- ☐ page qui porte un numéro impair, page de droite
- ☐ page qui porte un numéro pair, page de gauche

☐ page vierge placée au début d'un livre

CAHIER

☐ revue littéraire
☐ manuscrit envoyé à un éditeur
☐ ensemble de pages qui résulte du pliage d'une feuille. Les cahiers sont ensuite superposés pour former un livre

CALIBRAGE

☐ calcul précis du nombre de signes qui composent un livre
☐ nombre de pages d'un livre
☐ exemplaires justificatifs envoyés à un auteur

ÉPREUVE

☐ feuille imprimée servant à la correction d'un texte avant tirage
☐ signature d'un contrat entre un auteur et un éditeur
☐ relecture de pages imprimées par un correcteur

JAQUETTE

☐ vêtement d'éditeur
☐ longueur d'une ligne
☐ couverture souple qui recouvre un livre

ORTHOGRAPHE

ORTHOGRAPHE : *N'est pas nécessaire quand on a du style.*
Y croire comme aux mathématiques.

GUSTAVE FLAUBERT
Dictionnaire des idées reçues

ACCORDS ET DÉSACCORDS

« A noir, E blanc, I rouge, U vert, O bleu : voyelles. » Avec Rimbaud, chaque voyelle a sa couleur… Connaissez-vous les règles pour accorder ou non les adjectifs de couleurs ?

Maupassant, dans sa nouvelle « Découverte » issue du recueil *Monsieur Parent*, 1886 :

« Celle-là avait les yeux *bleu*… de ces yeux *bleu*… qui semblent contenir toute la poésie, tout le rêve, toute l'espérance, tout le bonheur du monde ! »

Baudelaire, dans son poème « Correspondance », *Les Fleurs du mal*, 1857 :

« Il est des parfums frais comme des chairs d'enfants
Doux comme les hautbois, *vert*… comme les prairies. »

Gide, dans son *Journal*, 1896 :

« Les bois que l'on traverse se fleurissent déjà de crocus *mauve*… »

Montherlant, dans *Le Songe*, 1922 :

« Bellerey avait tiré de sa poche un chiffon de papier [...] avec un air fiérot dans ses yeux *noisette...*, malicieux. »

Barrès, dans *La colline inspirée*, 1913 :

« ... des vignobles clairs, des blés *doré...*, de petits bois *brun...* où les raies de la charrue font un décor. »

LA BONNE ORTHOGRAPHE

« L'orthographe est de respect ; c'est une sorte de politesse », écrivait Alain dans les Propos sur l'éducation. *Alors, êtes-vous quelqu'un de poli ?*

☐ Canulare	☐ Canular	☐ Canulard
☐ Occurrence	☐ Ocurrence	☐ Occurence
☐ Psychiatre	☐ Psichiatre	☐ Psychyatre
☐ Dors et déjà	☐ D'ors et déjà	☐ D'ores et déjà
☐ Sinonime	☐ Synonyme	☐ Synonime
☐ Ermafrodite	☐ Hermafrodite	☐ Hermaphrodite
☐ De plein-pieds	☐ De pleins-pieds	☐ De plain-pied
☐ Absinte	☐ Absinthe	☐ Habsinthe
☐ Taxer	☐ Tacser	☐ Takser
☐ Dyslexie	☐ Dislexie	☐ Dyslexye
☐ À l'insue de	☐ À l'insu de	☐ À l'inssue de

MASCULIN OU FÉMININ ?

Qui n'a jamais hésité sur le genre d'un mot… Alors, masculin ou féminin ?

• Astérisque	☐ masculin	☐ féminin
• Équinoxe	☐ masculin	☐ féminin
• Florilège	☐ masculin	☐ féminin
• Autoroute	☐ masculin	☐ féminin
• Cerne	☐ masculin	☐ féminin
• Hémistiche	☐ masculin	☐ féminin
• Augure	☐ masculin	☐ féminin
• Gamète	☐ masculin	☐ féminin
• Obélisque	☐ masculin	☐ féminin
• Épithète	☐ masculin	☐ féminin
• Icône	☐ masculin	☐ féminin
• Pétale	☐ masculin	☐ féminin
• Tentacule	☐ masculin	☐ féminin
• Volute	☐ masculin	☐ féminin
• Haltère	☐ masculin	☐ féminin
• Apogée	☐ masculin	☐ féminin
• Effigie	☐ masculin	☐ féminin
• Éphéméride	☐ masculin	☐ féminin
• Échappatoire	☐ masculin	☐ féminin
• Amours	☐ masculin	☐ féminin

LES PIÈGES DE L'ACCENTUATION

Jules Renard disait joliment que « l'accent circonflexe est l'hirondelle du discours ». Aigu, grave, circonflexe ou tréma… Comment s'y retrouver entre tous ces accents ?

☐ événement	☐ évènement	☐ èvènement
☐ bônté	☐ bonté	☐ bontè
☐ pédigrée	☐ pédigrèe	☐ pedigree
☐ étiquette	☐ étiquètte	☐ étiquétte
☐ abcés	☐ abcès	☐ abces
☐ déjeûner	☐ déjeuner	☐ dèjeuner
☐ goéland	☐ goëland	☐ goêland
☐ archevèque	☐ archevêque	☐ archevéque
☐ circonflexe	☐ circonflèxe	☐ circonfléxe
☐ aloés	☐ aloes	☐ aloès
☐ deshabiller	☐ dèshabiller	☐ déshabiller

Et pour vous détendre, voici la Ballade des accents circonflexes *de Maurice Mac-Nab (1856-1889) :*

BALLADE DES ACCENTS CIRCONFLEXES

Poèmes mobiles

Lorsque je voyais sur un mot
Planer la forme biconvexe
D'un vulgaire accent circonflexe,
Cela me rendait très perplexe,
Étant alors jeune marmot.

Comme en de sombres paysages,
La chauve-souris des sabbats
Vole en rasant le sol très bas,
Ces accents prennent leurs ébats,
Porteurs de funestes présages !

Tantôt ils semblent occupés
À d'incroyables gymnastiques :
Prenant des poses fantastiques,
Ce sont alors de longs moustiques
Dont bras et pattes sont coupés !

Tantôt les ailes étendues,
Ainsi que l'aigle, roi des airs,
Qui s'en va semer les éclairs
Dans l'immensité des déserts,
Ils semblent planer dans les nues !

Leur forme change à tout moment ;
C'est un chapeau de commissaire,
Puis un capuchon débonnaire,
Une bosse de dromadaire,
Ou le fronton d'un monument !

Dans les vieux manuscrits gothiques,
Ils coiffent comme un abat-jour
Les cinq voyelles tour à tour
Qui, sous leurs griffes de vautour,
Font des rondes épileptiques.

Ces accents-là font mon malheur,
Et j'ai tenté mainte escarmouche
Contre leur bataillon farouche
Qui vous force d'ouvrir la bouche
Pour dire âne, hôte ou contrôleur !

Vains efforts ! L'accent circonflexe
Étendra toujours sur les mots
Ses bras étrangement jumeaux,
Au grand désespoir des marmots.
. . . .

Et je suis toujours très perplexe !...

TRAIT D'UNION

Oh les beaux mots composés ! Mais quand met-on un trait d'union ?

anti □ inflammatoire
c'est □ à □ dire
ping □ pong
cinquante □ et □ un
un aller □ retour
grand □ mère
viens □ me □ le □ dire
une longue □ vue
dix □ neuf
est □ ce □ que tu viendras ?
peut □ être
des produits non □ conformes

SUBJONCTIF PRÉSENT

Contrairement au subjonctif imparfait, le subjonctif présent reste indispensable. Gare à celui qui ne sait pas le conjuguer !

Qu'il	☐ acquiert	☐ acquière
Qu'il	☐ aie	☐ ait
Que nous	☐ ayons	☐ ayions
Que nous	☐ copiions	☐ copions
Qu'il	☐ croit	☐ croie
Que vous	☐ faisiez	☐ fassiez
Que nous	☐ gagnons	☐ gagnions
Que vous	☐ mourez	☐ mouriez
Qu'il	☐ soie	☐ soit
Que nous	☐ soyions	☐ soyons

SUBJONCTIF IMPARFAIT

Certes, il est moins utilisé, mais pourquoi ne pas essayer quand même ? Vous verrez que Marcel Proust le manie avec aisance...

« Je détournai les yeux vers les poiriers et les cerisiers du jardin d'en face pour qu'il (CROIRE) . . . . que c'était leur beauté qui me touchait. Et elle me touchait un peu de la même façon, elle mettait aussi près de moi de ces choses qu'on ne voit pas qu'avec ses yeux, mais qu'on sent dans son cœur. »

MARCEL PROUST
Le côté de Guermantes

« Il se pourrait que nous (VOIR) . . . . . . *Anna Karénine* ou *Résurrection* sous l'architrave odéonienne. »

MARCEL PROUST
Sodome et Gomorrhe

« Quoique je (VOULOIR) . . . . m'affranchir de la vassalité fraternelle. »

HONORÉ DE BALZAC
Le lys dans la vallée

« Les chevaux, affolés de douleur, se cabrèrent, lancèrent des ruades et, prenant le mors aux dents, quelques efforts que leurs cavaliers (FAIRE) . . . . . . pour les contenir, ils gagnèrent à la main et se mirent à galoper comme si le diable les emportait, sans souci des fossés ni des obstacles, si bien qu'en un moment ils furent hors de vue. »

THÉOPHILE GAUTIER
Le capitaine Fracasse

LA FAMEUSE DICTÉE DE PROSPER MÉRIMÉE

Juste pour le plaisir… Prosper Mérimée, l'auteur de Carmen *et de* La Vénus d'Ille, *composa cette dictée à la demande de l'impératrice Eugénie en 1857. Napoléon III fit, dit-on, soixante-quinze fautes… Et vous ?*

« Pour parler sans ambiguïté, ce dîner à Sainte-Adresse, près du Havre, malgré les effluves embaumés de la mer, malgré les vins de très bons crus, les cuisseaux de veau et les cuissots de chevreuil prodigués par l'amphitryon, fut un vrai guêpier.

Quelles que soient, et quelque exiguës qu'aient pu paraître, à côté de la somme due, les arrhes qu'étaient censés avoir données la douairière et le marguillier, il était infâme d'en vouloir pour cela à ces fusiliers jumeaux et mal bâtis, et de leur infliger une raclée, alors qu'ils ne songeaient qu'à prendre des rafraîchissements avec leurs coreligionnaires.

Quoi qu'il en soit, c'est bien à tort que la douairière, par un contresens exorbitant, s'est laissé entraîner à prendre un râteau et qu'elle s'est crue obligée de frapper l'exigeant marguillier sur son omoplate vieillie. Deux alvéoles furent brisés ; une dysenterie se déclara suivie d'une phtisie, et l'imbécillité du malheureux s'accrut.

— Par saint Martin ! quelle hémorragie ! s'écria ce bélître.

À cet événement, saisissant son goupillon, ridicule excédent de bagage, il la poursuivit dans l'église tout entière.

Réponses et solutions

HISTOIRE DE LA LITTÉRATURE

PREMIÈRE PHRASE

Madame Bovary de Gustave Flaubert
Les Essais de Montaigne
Le Petit Sauvage d'Alexandre Jardin
L'assommoir d'Émile Zola
L'amant de la Chine du Nord de Marguerite Duras
La fée carabine de Daniel Pennac
Les faux-monnayeurs d'André Gide
La gloire de l'Empire de Jean d'Ormesson
L'allée du Roi de Françoise Chandernagor
Ubu roi d'Alfred Jarry
La ferme africaine de Karen Blixen

DERNIERS MOTS

Les Bienveillantes de Jonathan Littell
L'élégance du hérisson de Muriel Barbery
L'étranger d'Albert Camus
Vendredi ou les limbes du Pacifique de Michel Tournier
Le lion de Joseph Kessel

Ritournelle de la faim de J. M. G. Le Clézio
Les mots de Jean-Paul Sartre
1984 de George Orwell
Le roman de monsieur de Molière de Mikhaïl Boulgakov
Une femme d'Annie Ernaux

ÉPITAPHES

Alfred de Musset au cimetière du Père-Lachaise
Théophile Gautier au cimetière de Montmartre
Jean de La Fontaine au cimetière du Père-Lachaise
Stendhal au cimetière de Montmartre

NOMS DE PLUME

Gérard Labrunie	Gérard de Nerval
Charles Dodgson	Lewis Carroll
Frédéric-Louis Sauser	Blaise Cendrars
Hiraoka Kimitake	Yukio Mishima
Eugène Emile-Paul Grindel	Paul Eluard
Henri Beyle	Stendhal
Mohammed Moulessehoul	Yasmina Khadra
Jean-Baptiste Poquelin	Molière
Samuel Langhorne Clemens	Mark Twain
Ettore Schmitz	Italo Svevo

SURNOMS

Le taureau triste	Guy de Maupassant (surnom donné par Taine)
Le castor	Simone de Beauvoir (surnom donné par Sartre)

La vache bretonne de la littérature	George Sand (surnom donné par Jules Renard)
Le porc épique	Émile Zola (surnom donné par Leconte de Lisle)
Le paon total	Sacha Guitry (surnom donné par Breffort)

PETITE GÉOGRAPHIE DES ÉCRIVAINS

Alphonse Daudet	Languedoc
Jean Giono	Provence
Patrick Chamoiseau	Martinique
François-René de Chateaubriand	Bretagne
Pierre Loti	Charente
Maurice Barrès	Vosges
Gustave Flaubert	Normandie
Paul Claudel	Picardie
Marie Ferranti	Corse
Arthur Rimbaud	Ardennes

MÉTIERS D'ÉCRIVAINS

David Foenkinos	professeur de guitare
William Faulkner	scénariste
Régine Detambel	kinésithérapeute
Leonardo Sciascia	instituteur
Paul Morand	diplomate
Arthur Conan Doyle	médecin
Ernest Hemingway	journaliste
Vladimir Nabokov	professeur de boxe
Julio Cortázar	traducteur
Dashiell Hammett	détective privé

MUSES ET ÉGÉRIES

Louise Colet	Gustave Flaubert
Gala	Paul Eluard
Juliette Drouet	Victor Hugo
Simone de Beauvoir	Jean-Paul Sartre
Sophie Volland	Denis Diderot
Anaïs Nin	Henry Miller
La comtesse Hanska	Honoré de Balzac
Germaine de Staël	Benjamin Constant
Françoise-Louise de Warens	Jean-Jacques Rousseau
Lou Andreas-Salomé	Rainer Maria Rilke

COUPLES LITTÉRAIRES

• Julien Sorel et Louise de Rênal dans *Le Rouge et le Noir* de Stendhal.

• Charles Swann et Odette de Crécy dans *Un amour de Swann* de Marcel Proust.

• Solal et Ariane dans *Belle du Seigneur* d'Albert Cohen.

• Heathcliff et Catherine Earnshaw dans *Hurlevent* d'Emily Brontë.

• Augustin Meaulnes et Yvonne de Galais dans *Le grand Meaulnes* d'Alain-Fournier.

• M. de Nemours et la princesse de Clèves dans *La princesse de Clèves* de Madame de Lafayette.

• Le chevalier Danceny et Cécile Volanges dans *Les liaisons dangereuses* de Pierre Choderlos de Laclos.

• Robert Jordan et Maria dans *Pour qui sonne le glas* d'Ernest Hemingway.

• Werther et Charlotte dans *Les souffrances du jeune Werther* de Johann Wolfgang von Goethe.

• Angelo Pardi et Pauline de Théus dans *Le hussard sur le toit* de Jean Giono.

• Le chevalier Des Grieux et Manon Lescaut dans *Manon Lescaut* de l'abbé Prévost.
• Markus et Nathalie dans *La délicatesse* de David Foenkinos.

POINTS COMMUNS

• François Villon et Oscar Wilde, comme Paul Verlaine ou Miguel de Cervantes, ont séjourné en prison.
• Homère et Jorge Luis Borges étaient aveugles.
• André Gide et Julien Gracq font partie des rares écrivains publiés de leur vivant dans la Bibliothèque de la Pléiade.
• Luigi Pirandello et J. M. G Le Clézio ont reçu le prix Nobel de littérature respectivement en 1934 et 2008.
• Casanova et Beaumarchais ont également fait carrière dans l'espionnage.
• Laclos et Guilleragues sont célèbres pour leurs romans épistolaires : *Les liaisons dangereuses* et *Lettres portugaises*.
• Eugène Labiche en 1880 et Jean d'Ormesson en 1973 ont été élus à l'Académie française.
• Gustave Flaubert pour *Madame Bovary* et Molière pour *Tartuffe* ont subi les foudres de la censure.
•Alain-Fournier et Charles Péguy sont tous les deux morts pour la France en septembre 1914.

PRIX GONCOURT

1919. Marcel Proust, *À l'ombre des jeunes filles en fleurs*
1933. André Malraux, *La condition humaine*
1944. Elsa Triolet, *Le premier accroc coûte deux cents francs*
1949. Robert Merle, *Week-end à Zuydcoote*
1956. Romain Gary, *Les racines du ciel*
1970. Michel Tournier, *Le roi des Aulnes*
1975. Émile Ajar, *La vie devant soi* (ce n'est que plus tard que les jurés du Goncourt ont découvert qu'ils avaient couronné deux fois le même écrivain, Romain Gary !)
1978. Patrick Modiano, *Rue des boutiques obscures*
1992. Patrick Chamoiseau, *Texaco*

1995. Andreï Makine, *Le testament français*
2001. Jean-Christophe Rufin, *Rouge Brésil*
2007. Gilles Leroy, *Alabama song*
2008. Atiq Rahimi, *Syngué Sabour*
2009. Marie NDiaye, *Trois femmes puissantes*
2011. Alexis Jenni, *L'art français de la guerre*

PERSONNAGES RÉELS OU FICTIFS ?

• Sherlock Holmes est un personnage fictif dont on peut pourtant visiter l'appartement au 221 B Baker Street à Londres ! Conan Doyle s'est inspiré des méthodes de déduction de son professeur, le chirurgien Joseph Bell, pour créer son célèbre détective.
• Vautrin est un ancien forçat devenu chef de la police dans *La Comédie humaine* de Balzac. S'il n'a jamais existé, son modèle, Eugène-François Vidocq (1775-1857), a bel et bien été condamné deux fois au bagne avant de s'évader, puis de mettre ses talents au service de la police et de devenir chef de la Sûreté.
• Jean Valjean, personnage central des *Misérables*, est doté d'une force hors du commun. Condamné au bagne pour avoir volé du pain, il s'en évade. Il recueille la petite Cosette qu'il élève comme sa fille et devient un homme respecté, mais fictif.
• Griet est l'héroïne de *La jeune fille à la perle* de Tracy Chevalier : l'écrivain a inventé l'histoire de la jeune servante qui a servi de modèle pour le tableau de Vermeer que l'on peut admirer aujourd'hui au Mauritshuis à La Haye.
• Nikola Tesla (1856-1943) est un inventeur et ingénieur, né à Smilijan (aujourd'hui en Croatie), qui a travaillé sur l'électricité et plus particulièrement sur le courant alternatif. En revanche, les deux magiciens du *Prestige* ont été créés de toutes pièces par Christopher Priest.
• Cyrano de Bergerac (1619-1655), héros de la pièce éponyme d'Edmond Rostand, est l'auteur des *États et empires de la Lune*, ainsi que des *États et empires du Soleil*. Comme dans la

pièce de Rostand, il est mort après avoir reçu — accidentellement — une poutre sur la tête.

• Ulysse, héros mythologique et roi d'Ithaque, apparaît d'abord dans l'*Iliade* puis dans l'*Odyssée*. Après la guerre de Troie, il lui faudra dix ans et de nombreuses aventures pour réussir à rentrer chez lui où l'attend la fidèle Pénélope.

• D'Artagnan (1611-1673), héros des *Trois Mousquetaires* d'Alexandre Dumas, a bien existé, mais un peu plus tard que dans le roman. C'est lui qui arrêta le surintendant Fouquet sur l'ordre de Louis XIV en 1661. Il est mort au siège de Maastricht en 1673.

L'ART DU SOUS-TITRE

Jean Anouilh	*La Répétition ou L'amour puni*
Jean-Jacques Rousseau	*Julie ou La Nouvelle Héloïse*
Michel Tournier	*Éléazar ou La source et le buisson*
Albert Memmi	*Le scorpion ou La confession imaginaire*
Voltaire	*Candide ou L'optimisme*
Francis Walder	*Saint-Germain ou La négociation*
Beaumarchais	*Le mariage de Figaro ou La folle journée*
Vladimir Nabokov	*Ada ou L'ardeur*
Jules Romains	*Knock ou Le triomphe de la médecine*
Marguerite Yourcenar	*Alexis ou Le traité du vain combat*
Gustave Flaubert	*L'éducation sentimentale ou Histoire d'un jeune homme*

ART BREF

• « Posséder n'est rien, c'est jouir qui est tout » : Stendhal, *De l'amour*.

• « Le seul lien qui nous reste actuellement en Angleterre entre la Littérature et le Théâtre, c'est l'affiche de la pièce » : Oscar Wilde, *Quelques maximes pour l'instruction des personnes trop instruites*.

• « Qui veut noyer son chien l'accuse de la rage » : Molière, *Les femmes savantes*.

• « Qui vit sans folie n'est pas si sage qu'il croit » : François de La Rochefoucauld, *Maximes et Réflexions diverses*.

• « Il ne suffit pas d'être heureux : il faut encore que les autres ne le soient pas » : Jules Renard, *Journal* (1894).

• « L'homme n'est ni ange ni bête, et le malheur veut que qui veut faire l'ange fait la bête » : Blaise Pascal, *Pensées*.

• « La même chose souvent est, dans la bouche d'un homme d'esprit, une naïveté ou un bon mot, et dans celle du sot, une sottise » : Jean de La Bruyère, *Les caractères*.

• « Dieu n'a créé les femmes que pour apprivoiser les hommes » : Voltaire, *L'ingénu*.

• « Évidence. Vous aveugle, quand elle ne crève pas les yeux » : Gustave Flaubert, *Dictionnaire des idées reçues*.

• « Je me presse de rire de tout, de peur d'être obligé d'en pleurer » : Pierre Caron de Beaumarchais, *Le barbier de Séville*.

LES INTRUS

• Tous ces écrivains sont japonais à l'exception de Lao She qui est chinois.

• Il s'agit de tétralogies, seul le cycle des *Rougon-Macquart* comporte vingt volumes !

• Tous ont été écrits par des écrivains russes et en russe sauf *Suite française*, qui a été écrit en français ; Irène Némirovsky, bien que d'origine russe, a toujours écrit en français.

• Tous ces textes sont de la poésie, sauf *La chanson des gueux* qui est un roman de l'Égyptien Naguib Mahfouz, prix Nobel en 1988.
• Ce sont des recueils de nouvelles, sauf *Les diablogues* qui sont de courtes pièces de théâtre régulièrement jouées.

DE L'ÉCRIT À L'ÉCRAN

• *Les amants diaboliques* de Luchino Visconti, d'après *Le facteur sonne toujours deux fois* de James M. Cain.
• *La traversée de Paris* de Claude Autant-Lara, avec Bourvil et Jean Gabin, d'après *Le vin de Paris* de Marcel Aymé.
• *Syriana* de Stephen Gaghan, avec George Clooney et Matt Damon, d'après *La chute de la CIA* de Robert Baer.
• *La légende du pianiste sur l'océan* de Giuseppe Tornatore, avec Tim Roth, d'après *Novecento* d'Alessandro Baricco.
• *Diamants sur canapé* de Blake Edwards, avec Audrey Hepburn, d'après *Petit déjeuner chez Tiffany* de Truman Capote.
• *Apocalypse Now* de Francis Ford Coppola, avec Martin Sheen et Marlon Brando, d'après *Au cœur des ténèbres* de Joseph Conrad.
• *Le parfum d'Yvonne* de Patrice Leconte, avec Hippolyte Girardot et Jean-Pierre Marielle, d'après *Villa triste* de Patrick Modiano.
• *La couleur du mensonge* de Robert Benton, avec Nicole Kidman et Anthony Hopkins, d'après *La tache* de Philip Roth.
• *La piel que habito* de Pedro Almodóvar, avec Antonio Banderas, d'après *Mygale* de Thierry Jonquet.
• *Le festin de Babette* de Gabriel Axel, avec Stéphane Audran, d'après *Le dîner de Babette* de Karen Blixen.

CONTES DE FÉES

Charles Perrault en 1695.
Madame de Villeneuve en 1740.
Hans Christian Andersen en 1835.

Lusignan dans le Poitou.
Le baron de Münchhausen.
Hermione Granger, l'une des héroïnes de *Harry Potter*, est une sorcière.
Pierre Gripari, dans les *Contes de la rue Broca*.
Cendrillon.
Contes à faire rougir les petits chaperons.

LE ROMAN POLICIER

• Chester Himes : l'inspecteur Jones dit le Fossoyeur mène l'enquête à Harlem avec Ed Cercueil dans huit romans dont *La reine des pommes* et *Imbroglio negro*.
• Humphrey Bogart, en 1941.
• Jean-Claude Izzo : *Total Khéops*, *Chourmo* et *Solea*.
• Jo Nesbø.
• Bernhard Schlink : *Brouillard sur Mannheim*, avec Walter Popp, *Un hiver à Mannheim* et *La fin de Selb*.
• Jack Fitzgerald, le héros de *Haka* et *Utu*. Caryl Férey a reçu de nombreux prix pour son dernier roman, *Zulu*.
• Dan Simmons : vous retrouverez Joe Kurtz dans *Vengeance*, *Revanche* et *Une balle dans la tête*. Le héros de *L'épée de Darwin* est quant à lui Minor Darwin, un expert en reconstitution d'accidents qui n'est jamais au bout de ses surprises !
• Cesare Battisti a écrit notamment *Les habits de l'ombre* et *Buena Onda*.
• *Des hommes d'influence*.
• Georges Simenon (à ce jour, 72 titres de cet auteur ont été publiés en Folio policier).

SCIENCE-FICTION, FANTASY ET FANTASTIQUE

• Hari Seldon. Quant à Nat Schachner (1895-1955), il est l'inventeur de cette « science » popularisée par Isaac Asimov dont il était l'un des auteurs de SF préféré...
• Une uchronie.

• Richard Matheson.
• *La horde du Contrevent* retrace les aventures d'un groupe d'élite, formé dès l'enfance à faire face, qui part des confins d'une terre féroce, saignée de rafales, pour aller chercher l'origine du vent...
• Arthur Dent, un Anglais extraordinairement moyen, qui pourra compter sur le fabuleux *Guide* pour l'accompagner dans ses extraordinaires dérapages spatiaux moyennement contrôlés... Ses aventures se prolongent dans *Le dernier restaurant avant la fin du monde, La vie, l'univers et le reste, Salut, et encore merci pour le poisson* et *Globalement inoffensive.*
• *Fahrenheit 451* de Ray Bradbury.
• Philip K. Dick. Outre *Minority Report*, les films *Blade Runner, Planète hurlante, Total Recall, L'Agence* ou encore *Paycheck* sont adaptés de ses textes.
• David Gemmell : *Le lion de Macédoine (L'enfant maudit* ; *La mort des nations* ; *Le prince noir* ; *L'esprit du chaos*).
• Thomas Day : *La voie du sabre* et *L'homme qui voulait tuer l'empereur.*

LE CENTENAIRE DES ÉDITIONS GALLIMARD

• *La Nouvelle Revue française.*
• André Gide qui dirigea la N.R.F. de 1908 à 1914 et Jean Paulhan qui la dirigea de 1925 à 1940.
• 1919.
• En 1931. Un jeune éditeur, Jacques Schiffrin, souhaite proposer au format poche les œuvres complètes des écrivains classiques. Sa collection est intégrée en 1933 aux Éditions Gallimard.
• Marcel Duhamel en 1945. Il dirigea la collection jusqu'en 1977. Picasso en a dessiné la couverture et Jacques Prévert en a trouvé le nom.
• *Sanctuaire*, avec une préface d'André Malraux.
• *La condition humaine* d'André Malraux. Le n° 1000 sera *Les fleurs bleues* de Raymond Queneau, le n° 3000 *Monsieur Malaussène* de Daniel Pennac et le n° 5000 a été attribué aux *Années* d'Annie Ernaux.

• Petits éloges. Depuis 2007, près d'une vingtaine de « Petits éloges » ont été publiés : *Petit éloge de la douceur* de Stéphane Audeguy, *Petit éloge de la bicyclette* d'Éric Fottorino, *Petit éloge des grandes villes* de Valentine Goby, *Petit éloge de l'excès* de Caryl Férey, ou encore *Petit éloge du catholicisme* de Patrick Kéchichian...

JOUER AVEC LES MOTS

ACROSTICHES

François Villon, *Ballade pour prier Notre-Dame* (*Poésies*) :

Vous portâtes, digne Vierge, princesse,
Iésus régnant qui n'a ne fin ne cesse,
Le Tout-Puissant, prenant notre faiblesse,
Laissa les cieux et nous vint secourir,
Offrit à mort sa très clère jeunesse ;
Notre Seigneur tel est, tel le confesse :
En cette foi, je veuil vivre et mourir.

Guillaume Apollinaire, *Adieu !* (*Poèmes à Lou*) :

L'amour est libre il n'est jamais soumis au sort
O Lou le mien est plus fort encor que la mort
Un cœur le mien te suit dans ton voyage au Nord

Lettres Envoie aussi des lettres ma chérie
On aime en recevoir dans notre artillerie
Une par jour au moins une au moins je t'en prie

Lentement la nuit noire est tombée à présent
On va rentrer après avoir acquis du zan
Une deux trois À toi ma vie À toi mon sang

La nuit mon cœur la nuit est très douce et très blonde
O Lou le ciel est pur aujourd'hui comme une onde
Un cœur le mien te suit jusques au bout du monde

L'heure est venue Adieu l'heure de ton départ
On va rentrer Il est neuf heures moins le quart
Une deux trois Adieu de Nîmes dans le Gard

Guillaume Apollinaire, in « XVII. Assassinat », *Le Poète assassiné*

Mon aimée adorée avant que je m'en aille,
Avant que notre amour, Maria, ne déraille,
Râle et meurt, m'amie, une fois, une fois,
Il faut nous promener tous deux seuls dans les bois,
Alors je m'en irai plein de bonheur je crois.

Pierre Corneille (*Horace*, II, 3) :

S'attacher au combat contre un autre soi-même
Attaquer au parti qui prend pour défenseur
Le frère d'une femme et l'amant d'une sœur,
Et rompant tous ces nœuds, s'armer pour la patrie,
Contre un sang qu'on voudrait racheter de sa vie,
Une telle vertu n'appartenait qu'à nous
L'éclat de son grand nom lui fait peu de jaloux

Alfred de Musset à George Sand :

Quand je mets à vos pieds un éternel hommage
Voulez-vous qu'un instant je change de visage ?
Vous avez capturé les sentiments d'un cœur
Que pour vous adorer forma le Créateur.
Je vous chéris, amour, et ma plume en délire
Couche sur le papier ce que je n'ose dire.
Avec soin, de mes vers lisez les premiers mots
Vous saurez quel remède apporter à mes maux.

Et voici la réponse de la dame :

Cette insigne faveur que votre cœur réclame
Nuit à ma renommée et répugne à mon âme.

Pierre Louÿs, *Acrostiche saphique* :

Dans le lit maculé de foutre et de salive
Eve nue en chaleur et le ventre écumant

Unit sa belle bouche au con de son amant
Xavière aux poils crépus sur une chair olive

Grandes, plongeant la tête au gouffre des genoux,
O qu'elles font un couple atroce de femelles
Un couple oroventral bandant jusqu'aux mamelles
Gavé de foutre clair et plein d'horreur pour nous

Nous les aimons pourtant, les gougnottes chéries
Ouvrant leurs bouches d'ombre et leurs vulves fleuries
Trous d'amour destinés à nos membres virils

Tout leur être nous a des grâces embrouillées
Et nous aimons, avec des gestes puérils,
Sentir l'odeur des cons sur leurs bouches mouillées.

ALLOGRAPHE

Louise de Vilmorin (*L'alphabet des aveux*, Le Promeneur, 2004) :

Abbaye, abbaye !
j'ai assez cédé, aimé et obéi
et double vécu et rêvé et fui
ogive et émaux et miel et mer
abbaye, abbaye !
Hélène aima et fit grec et la chair et l'été !

ANAGRAMMES

Henry de Montherlant, *Les jeunes filles* :

« Éternité est l'anagramme d'**étreinte**. »

Robert Desnos, *Rrose Sélavy* (*Corps et biens*) :

« Mon **crâne**, **étoil**e de **nacre** qui s'**étiole**. »

Michèle Grangaud (*in* Collectif, *Anthologie de l'Oulipo*, Poésie Gallimard, 2009) :

Ligne 1 : **Louvre - Rivoli**
Ligne 2 : **Père-Lachaise**
Ligne 6 : **Place d'Italie / Sèvres - Lecourbe**
Ligne 9 : **Pont de Sèvres**

Marguerite de Crayencour : **Marguerite Yourcenar**
Jean-Baptiste Rossi : **Sébastien Japrisot**
Pauvre Lelian : **Paul Verlaine**
Serafino Calbarsi : **François Rabelais**

CENTON

Mais où sont les neiges d'antan ?
François Villon, *Ballade des dames du temps jadis,* Poésie Gallimard

Le temps a laissé son manteau
De vent de froidure et de pluie
Charles d'Orléans, *Rondeaux,* Poésie Gallimard

Le ciel est par-dessus le toit
Paul Verlaine, *Sagesse*, Poésie Gallimard

Beau ciel, vrai ciel, regarde-moi qui change
Paul Valéry, *Le cimetière marin*, Poésie Gallimard

Entends ma chère, entends la douce nuit qui marche
Charles Baudelaire, *Recueillement*, Poésie Gallimard

Cette obscure clarté qui tombe des étoiles
Pierre Corneille, *Le Cid*

Cette faucille d'or dans le champ des étoiles
Victor Hugo, *Booz endormi*, Poésie Gallimard

Ô temps, suspends ton vol !
Alphonse de Lamartine, *Le lac*, Poésie Gallimard

Poète, prends ton luth et me donne un baiser
Alfred de Musset, *La nuit de mai*, Poésie Gallimard

Et tout le reste est littérature.
Paul Verlaine, *Art poétique,* Poésie Gallimard

CHARADES ET ÉNIGMES

Voltaire :
car-rosse
carrosse

Victor Hugo :
biffe tes copeaux / me
bifteck aux pommes

Voltaire :
l'oiseau

Nicolas Boileau :
la puce

Jean-Jacques Rousseau :
le portrait

Fontenelle :
Aujourd'hui

LIPOGRAMMES

Raymond Queneau (*in* Collectif, *La Littérature potentielle*, Folio essais n° 95, 1988)

- « Au son d'un ocarina... » : lipogramme en E
- « Ondoyons un poupon... » : lipogramme en A, en E et en Z.

Quant aux poèmes traduits par Georges Perec (in Collectif, *Anthologie de l'OuLiPo*, Poésie / Gallimard, 2009), vous aurez reconnu :

- *Voyelles* d'Arthur Rimbaud
- *Les chats* de Charles Baudelaire

VILLES NATALES

- L'Angoumoisin : Angoulême. Marguerite de Navarre, sœur de François Ier et auteur de L'*Heptaméron*, y naquit en 1492.

• Le Vésigondin : Le Vésinet dans les Yvelines. L'écrivain et philosophe Alain y est mort en 1951. Guillaume Apollinaire quant à lui y a passé une partie de son enfance.
• Le Tourangeau : Tours, capitale de la Touraine, a vu naître de nombreux écrivains, comme Rabelais, Villon, Vigny, Balzac, Anatole France, et plus récemment Yves Bonnefoy...
• Le Messin : Metz, en Lorraine, est la ville natale de Paul Verlaine (le 30 mars 1844).
• L'Agenais : Agen où Montesquieu, l'auteur des *Lettres persanes,* passa une partie de son enfance ; un hôtel particulier y porte son nom.
• Le Bisontin : Le Bisontin le plus célèbre est sans aucun doute Victor Hugo qui y naquit en 1802, mais Besançon est aussi la patrie de Charles Nodier (1780) et des frères Lumière.
• Le Boulonnais : Boulogne-sur-Mer, célèbre port de pêche, est la ville natale de Sainte-Beuve (1804).
• Le Dionysien : Saint-Denis, près de Paris, où sont enterrés les rois de France. Didier Daeninckx y est né (1949).
• Le Ponot : Jules Vallès, auteur de la trilogie de *Jacques Vintgras* (Folio classique n°s 3397, 603, 669) naquit en 1832 au Puy-en-Velay.
• Le Carolomacérien : Arthur Rimbaud (1854) est le natif le plus célèbre de Charleville-Mézières.

VOCABULAIRE

LES COLLECTIONNEURS

Le cervalobélophile	Les étiquettes et/ou les sous-bocks de bière
Le fibulanomiste	Les boutons
Le copocléphile	Les porte-clefs
Le microtyrosémiophile	Les étiquettes de crème de gruyère

Le vitolphiliste	Les bagues de cigares
Le scripophile	Les papiers timbrés, titres de bourse anciens...
Le sibilumophile	Les sifflets
L'ésitériophile	Les titres de transports (billets de train, tickets d'autobus...)
Le pressophile	Les fers à repasser
Le conchyliophile	Les coquetiers

DRÔLES DE VERBES

• *Honni* est le participe passé du verbe *honnir* qui signifie : « couvrir de honte, désigner quelqu'un comme méprisable ».
• Je *gis* est le présent du verbe *gésir* qui signifie : « être étendu ». On le rencontre sur les pierres tombales, « Ci-gît mon époux bien-aimé », et sous la forme de son participe présent substantivé, « un gisant », c'est-à-dire une statue représentant un personnage mort allongé.
• *Chaut* est la 3e personne du présent de *chaloir*, qui ne s'emploie plus guère que dans des expressions figées et signifie : « importer ».
• *Cherra* est la forme rare du futur du verbe *choir* et signifie : « tomber », verbe au bénéfice duquel il a presque disparu.
• *J'ai ouï* est le passé composé du verbe *ouïr* qui ne s'emploie plus guère qu'à l'impératif : « Oyez, bonnes gens ! », ou dans l'expression « ouï-dire » ; il a été remplacé par « écouter, entendre ». En revanche, le nom commun « ouïe » est employé couramment.

HOMONYMES

• « J'avais pour les **vers** une prédilection passionnée ; je tenais la poésie pour la fleur et l'aboutissement de la vie » (André Gide, *Si le grain ne meurt*).

• « Être étonné comme une poule qui a couvé un œuf de **cane** » (Chamfort, *Caractères et anecdotes*).

• « Il agitait ses feuilles pour en faire sécher **l'encre** » (Albert Camus, *La peste*).

• « Il s'était trompé ! Ah ! Mégarde ! Et depuis longtemps ! Ah ! Erreur n'est pas **compte** ! » (Louis-Ferdinand Céline, *Mort à crédit*).

• « Il subissait cet ensorcellement féminin, mystérieux et tout-puissant, cette force inconnue, cette domination prodigieuse, venue on ne sait d'où, du démon de la chair, et qui jette l'homme le plus **sensé** aux pieds d'une fille quelconque sans que rien en elle explique son pouvoir fatal et souverain » (Guy de Maupassant, *La femme de Paul*).

• « Au bas du papier, timbré d'un **sceau** d'argent représentant un chevalier casqué sous lequel se contournait cette devise : *Per viam rectam* » (Marcel Proust, *À l'ombre des jeunes filles en fleurs*).

• « Je n'aime pas dans l'égalité parce que, dans la femme, c'est l'enfant que je cherche. Je ne puis avoir ni désir ni tendresse pour une femme qui ne me rappelle pas l'enfant.

« — Avec ça, on finit en correctionnelle comme **satyre** » (Henry de Montherlant, *Pitié pour les femmes*).

• « Il s'était joint à un groupe de missionnaires qui se rendaient à Madagascar et était mort en **mer** » (Jacques de Lacretelle, *Silbermann*).

• « Ces coiffures qui nécessitent d'**exhausser** de plusieurs coudées le cintre des portes féodales » (Villiers de L'Isle-Adam, *Contes cruels*).

• « N'était-elle pas le bon ange, comme il la nommait, la passion toujours ouverte d'où il ferait couler le **sang** de son génie ? » (Émile Zola, *La joie de vivre*).

INSULTES

Butor : oiseau échassier
Faquin : mannequin d'osier et portefaix
Harpie : monstre à tête de femme et corps d'oiseau

Maraud : mendiant
Crapule : ivrogne
Virago : femme d'allure masculine
Gredin : mendiant
Lascar : matelot
Sagouin : petit singe
Baderne : tresse épaisse utilisée par les marins

LE MOT JUSTE

• « Ysé : Est-ce qu'il y a quelque chose d'**imminent** ?
Mesa : La fin du monde est toujours quelque chose d'**imminent** » (Paul Claudel, *Le partage de Midi*).
• « Ni la grille de la cour, ni la porte d'entrée de la maison ne portaient des traces d'**effraction** » (Honoré de Balzac, *Splendeur et misère des courtisanes*).
• « Quand le soleil y donne c'est une fournaise : quand la tramontane souffle, une **glacière** » (Alphonse Daudet, *Le Petit Chose*).
• « Une **éruption** d'ecthyma m'avait défigurée : un médecin brûlait mes pustules avec du nitrate d'argent » (Simone de Beauvoir, *Mémoires d'une jeune fille rangée*).
• « Elle ne m'a point dit quelle était son **intention** relativement à vous, car j'évite avec grand soin de lui prononcer votre nom » (Germaine de Staël, *Corinne ou l'Italie*).
• « J'aime le son du cor, le soir, au fond des bois » (Alfred de Vigny, « Le cor », *Poèmes antiques et modernes*).
• « ... tu payes tes impôts, mais tu sais ce qu'on fait de ton argent. Tous les ans le **percepteur** t'envoie une lettre : Monsieur, vous avez payé tant, eh ! bien, ça représente tant de médicaments pour les malades ou tant de mètres carrés d'autostrade » (Jean-Paul Sartre, *La mort dans l'âme*).

MOTS RARES

Accagner signifie *accabler*
Margouillis signifie *gâchis*

Galapiat signifie *vaurien*
Talmellier signifie *boulanger*
Nitescente signifie *lumineuse*

JACTEZ-VOUS L'ARGOT ?

Un baveux : un journal
Une mandale : une gifle
Une gapette : une casquette
Chougner : pleurer
Un arpion : un pied
Le palpitant : le cœur
Une sulfateuse : une mitraillette
Jalmince : jaloux
Une roteuse : une bouteille de champagne
Une tige : une cigarette

LES PHOBIES

Un bibliophobe : les livres
Un androphobe : les hommes
Un nosophobe : la maladie
Un bélénophobe : les épingles
Un éreutophobe : rougir
Un acrophobe : les endroits en hauteur
Une plante calciphobe : un sol calcaire
Un gallophobe : les Français
Un cheimophobe : les orages
Un pyrophobe : le feu

RACINES GRECQUES

• hydro- = l'eau
Les hydrophytes sont des plantes qui aiment l'eau.
• pyro- = le feu

La pyrogravure consiste à faire un dessin avec une pointe chauffée au rouge.
• théo- = dieu, divinité
Le théologien est spécialisé dans l'étude de la science de Dieu, de ses rapports avec l'homme et le monde.
• crypto- = caché
Une crypte est un caveau souterrain, généralement dans une église.
• bary- = lourd, pesant
Le baryton est un chanteur qui a une voix grave, entre le ténor et la basse.

RACINES LATINES

• cirr- = boucle de cheveux
Le cirrus est un nuage d'altitude en forme de boucles ou de filaments.
• hum- = près du sol, bas
Ici, *humble* témoigne d'une grande déférence et de modestie.
• cani- = le chien
Les canines sont des dents pointues très apparentes chez le chien.
• dexter- = qui est à droite
Avoir de la dextérité signifie être adroit (mot dans lequel on retrouve d'ailleurs cette même racine). Tous les fans de la série *Dexter* apprécieront...
• felix- = heureux
Les félicitations sont ce qu'on dit ou envoie à quelqu'un à l'occasion d'un événement heureux.

LE JARGON DES ÉDITEURS

• Prière d'insérer : communiqué sur un livre destiné à paraître, dans les journaux.
• Quatrième de couverture : texte de présentation qui figure au dos du livre.

• Bas de casse : caractère minuscule, par opposition à la majuscule.
• Édition courante : première édition d'un livre en grand format, par opposition au livre de poche.
• Retours : exemplaires invendus retournés par les libraires au bout de quelques mois.
• Beaux papiers : exemplaires numérotés tirés sur beau papier comme du vélin à l'occasion de la première édition d'un livre.
• Service de presse : exemplaires dédicacés et envoyés gratuitement aux journalistes, libraires...
• Belle page : page qui porte un numéro impair, page de droite.
• Cahier : ensemble de pages qui résulte du pliage d'une feuille. Les cahiers sont ensuite superposés pour former un livre.
• Calibrage : calcul précis du nombre de signes qui composent un livre.
• Épreuve : feuille imprimée servant à la correction d'un texte avant tirage.
• Jaquette : couverture souple qui recouvre un livre.

ORTHOGRAPHE

ACCORDS ET DÉSACCORDS

PETIT RAPPEL DES RÈGLES : les adjectifs de couleur s'accordent en genre et en nombre avec le nom. Le nom employé comme adjectif de couleur reste invariable, à l'exception de mauve, fauve, rose, écarlate, pourpre et incarnat. L'adjectif de couleur composé reste invariable.

• Maupassant : « Celle-là avait les yeux bleu**s**, de ces yeux bleu**s** qui semblent contenir toute la poésie, tout le rêve, toute l'espérance, tout le bonheur du monde ! »
• Baudelaire : « Il est des parfums frais comme des chairs d'enfants / Doux comme les hautbois, vert**s** comme les prairies. »
• Gide : « Les bois que l'on traverse se fleurissent déjà de crocus mauve**s**... »
• Montherlant : « Bellerey avait tiré de sa poche un chiffon de papier [...] avec un air fiérot dans ses yeux noisette, malicieux. »
• Barrès : « ... des vignobles clairs, des blés doré**s**, de petits bois brun**s** où les raies de la charrue font un décor. »

LA BONNE ORTHOGRAPHE

Canular
Occurrence
Psychiatre
D'ores et déjà
Synonyme
Hermaphrodite
De plain-pied
Absinthe
Taxer
Dyslexie
À l'insu de

MASCULIN OU FÉMININ ?

Astérisque : masculin
Équinoxe : masculin
Florilège : masculin
Autoroute : féminin
Cerne : masculin

Hémistiche : masculin
Augure : masculin
Gamète : masculin
Obélisque : masculin
Épithète : féminin
Icône : féminin
Pétale : masculin
Tentacule : masculin
Volute : féminin
Haltère : masculin
Apogée : masculin
Effigie : féminin
Éphéméride : féminin
Échappatoire : féminin
Amours : féminin
Eh oui ! *Amour,* comme *orgue* et *délice,* devient féminin au pluriel ! Souvenez-vous de « mes amours décomposées » de Baudelaire...

LES PIÈGES DE L'ACCENTUATION

Événement
Bonté
Pedigree
Étiquette
Abcès
Déjeuner
Goéland
Archevêque
Circonflexe
Aloès
Déshabiller

TRAIT D'UNION

PETIT RAPPEL DES RÈGLES : le trait d'union est utilisé pour marquer un lien étroit, lexical ou syntaxique, entre deux mots.
Il y a un trait d'union :
— si chacun des termes du mot composé a un sens indépendamment de l'autre (grand-mère)
— si le mot composé change de catégorie grammaticale (peut-être)
— si le mot composé est d'origine étrangère (ping-pong)
— si le trait d'union remplace la conjonction de coordination « et » (aller-retour).
Il n'y a pas de trait d'union quand « non » employé comme la négation « ne... pas » est associé à un adjectif (non conforme).

Anti-inflammatoire
C'est-à-dire
Ping-pong
Cinquante et un
Un aller-retour
Grand-mère
Viens me le dire
Une longue-vue
Dix-neuf
Est-ce que tu viendras ?
Peut-être
Des produits non conformes

SUBJONCTIF PRÉSENT

Qu'il acquière
Qu'il ait
Que nous ayons

Que nous copiions
Qu'il croie
Que vous fassiez
Que nous gagnions
Que vous mouriez
Qu'il soit
Que nous soyons

SUBJONCTIF IMPARFAIT

• « Je détournai les yeux vers les poiriers et les cerisiers du jardin d'en face pour qu'il **crût** que c'était leur beauté qui me touchait. Et elle me touchait un peu de la même façon, elle mettait aussi près de moi de ces choses qu'on ne voit pas qu'avec ses yeux, mais qu'on sent dans son cœur. »
• « Il se pourrait que nous **vissions** *Anna Karénine* ou *Résurrection* sous l'architrave odéonienne. »
• « Quoique je **voulusse** m'affranchir de la vassalité fraternelle. »
• « Les chevaux, affolés de douleur, se cabrèrent, lancèrent des ruades et, prenant le mors aux dents, quelques efforts que leurs cavaliers **fissent** pour les contenir, ils gagnèrent à la main et se mirent à galoper comme si le diable les emportait, sans souci des fossés ni des obstacles, si bien qu'en un moment ils furent hors de vue. »

Un billet pour le paradis...

Liste des ouvrages cités

De temps en temps, j'allais passer une soirée à la bibliothèque municipale pour lire. C'était pour moi prendre un billet pour le paradis.

HENRY MILLER
Lire aux cabinets

ADAMS, Douglas, *Le guide du voyageur galactique* (Folio SF n° 219)
AJAR, Émile, voir GARY Romain
ALAIN, *Système des beaux-arts* (Tel n° 74)
ALAIN-FOURNIER, *Le grand Meaulnes* (Folio n° 4943)
ANDERSEN, Hans Christian, *Contes* (Folio classique n° 2599)
ANONYME, *Les merveilleux voyages du Baron de Münchhausen* (Folio bilingue n° 136)
ANOUILH, Jean, *La répétition ou L'amour puni* (Folio n° 444)
APOLLINAIRE, Guillaume, *Le poète assassiné* (Poésie Gallimard)
ASIMOV, Isaac, *Fondation* (Folio SF n° 335)
AXIONOV, Vassili, *Une saga moscovite* (Folio n°s 2984, 2985)
AYMÉ, Marcel, *Le vin de Paris* (Folio n° 1515)

BAER, Robert, *La chute de la CIA* (Folio documents n° 11)
BALZAC, Honoré de, *Splendeurs et misères des courtisanes* (Folio classique n° 405)
—, *Le lys dans la vallée* (Folio classique n° 4123)
BARBERY, Muriel, *L'élégance du hérisson* (Folio n° 4939)
BARBEY D'AUREVILLY, Jules, *Un prêtre marié* (Folio classique n° 1183)
BARICCO, Alessandro, *Novecento* (Folio n° 3634 et Folio bilingue n° 141)
BATTISTI, Cesare, *Les habits de l'ombre* (Folio policier n° 415)
—, *Buena Onda* (Folio policier n° 416)

BAUDELAIRE, Charles, *Les Fleurs du mal* (Poésie Gallimard et Folio n° 3219)
BEAUVOIR, Simone de, *Mémoires d'une jeune fille rangée* (Folio n° 786)
BEINHART, Larry, *Reality Show* (Folio policier n° 313)
BLIXEN, Karen, *La ferme africaine* (Folio n° 4440)
—, *Le dîner de Babette* (Folio n° 4679)
BOULGAKOV, Mikhaïl, *Le roman de monsieur de Molière* (Folio n° 2454)
BRADBURY, Ray, *Fahrenheit 451* (Folio SF n° 3)
BRONTË, Emily, *Hurlevent* (Folio classique n° 4177)
BRUST, Steven, *Les aventures de Vlad Taltos* (Folio SF n° 300, 304, 322, 346)

CAIN, James M., *Le facteur sonne toujours deux fois* (Folio policier n° 122)
CAMUS, Albert, *L'étranger* (Folio n° 2)
—, *La peste* (Folio n° 42)
CANETTI, Elias, *Auto-da-fé* (L'Imaginaire n° 249)
CAPOTE, Truman, *Petit déjeuner chez Tiffany* (Folio n° 364 et Folio bilingue n° 76)
CARON DE BEAUMARCHAIS, Pierre, *Le barbier de Séville* (Folio théâtre n° 30)
—, *Le mariage de Figaro ou La folle journée* (Folio théâtre n° 29)
CÉLINE, Louis-Ferdinand, *Mort à crédit* (Folio n° 1691)
CHAMFORT, *Maximes et pensées. Caractères et anecdotes (Produits de la civilisation perfectionnée)* (Folio classique n° 1356)
CHAMOISEAU, Patrick, *Texaco* (Folio n° 2634)
CHANDERNAGOR, Françoise, *L'allée du Roi* (Folio n° 4507)
CHARLES D'ORLÉANS, *En la forêt de longue attente* et autres poèmes (Poésie Gallimard)
CHEVALIER, Tracy, *La jeune fille à la perle* (Folio n° 3648)
CLAUDEL, Paul, *Partage de midi* (Folio théâtre n° 17)
COHEN, Albert, *Belle du Seigneur* (Folio n° 3039)
COLLECTIF, *Les poètes du Chat Noir* (Poésie Gallimard)
—, *Anthologie de l'Oulipo* (Poésie Gallimard)
—, *La littérature potentielle* (Folio essais n° 95)
CONRAD, Joseph, *Au cœur des ténèbres* (Folio bilingue n° 60)
CORNEILLE, Pierre, *Le Cid* (Folio classique n° 3220)

CYRANO DE BERGERAC, Savinien de, *Les États et Empires de la Lune ; les États et Empires du Soleil* (Folio classique n° 4110)

DAMASIO, Alain, *La horde du Contrevent* (Folio SF n° 271)
—, *La zone du dehors* (Folio SF n° 350)
DAUDET, Alphonse, *Le Petit Chose* (Folio classique n° 979)
DAY, Thomas, *La voie du sabre* (Folio SF n° 115)
—, *L'homme qui voulait tuer l'empereur* (Folio SF n° 206)
DÉON, Michel, *Un taxi mauve* (Folio n° 999)
DESNOS, Robert, *Corps et biens* (Poésie Gallimard)
DICK, Philip K., *Minority Report et autres récits* (Folio SF n° 109)
DUBILLARD, Roland, *Les diablogues* (Folio n° 3177)
DUMAS, Alexandre, *Les Trois Mousquetaires* (Folio classique n° 3511)
—, *Le comte de Monte-Cristo* (Folio classique n°s 3142 et 3143)
DURAS, Marguerite, *L'amant de la Chine du Nord* (Folio n° 2509)

ENARD, Jean-Pierre, *Contes à faire rougir les petits chaperons* (Folio n° 2052)
ERNAUX, Annie, *Les années* (Folio n° 5000)
—, *Une femme* (Folio n° 2121)

FAULKNER, William, *Tandis que j'agonise* (Folio n° 307 et Folio bilingue n° 1)
—, *Le bruit et la fureur* (Folio n° 162)
—, *Sanctuaire* (Folio n° 231)
FÉREY, Caryl, *Haka* (Folio policier n° 286), *Utu* (Folio policier n° 500) et *Saga maorie* (Folio policier n° 634)
FLAUBERT, Gustave, *Dictionnaire des idées reçues* (Folio classique n° 3252)
—, *L'éducation sentimentale ou Histoire d'un jeune homme* (Folio classique n° 4207)
—, *Madame Bovary* (Folio classique n° 3512)
FOENKINOS, David, *La délicatesse* (Folio n° 5177)

GARCÍA LORCA, Federico, *Romancero gitan* (Folio 2 € n° 5061)
GARY, Romain, *Les racines du ciel* (Folio n° 242)

—, *La vie devant soi* (Folio n° 1362)

GAUTIER, Théophile, *Le capitaine Fracasse* (Folio classique n° 3703)

GEMMELL, David, *Le lion de Macédoine* (Folio SF nos 112, 113, 118, 119)

GENTLE, Mary, *Le livre de Cendres* (Folio SF nos 323, 324, 325, 326)

GIDE, André, *Les faux-monnayeurs* (Folio n° 879)

—, *Si le grain ne meurt* (Folio n° 875)

—, *Voyage au Congo,* suivi de *Le retour du Tchad* (Folio n° 2731)

GIONO, Jean, *Le hussard sur le toit* (Folio n° 240)

GOETHE, Johann Wolfgang von, *Les souffrances du jeune Werther* (Folio classique n° 496)

GUILLERAGUES, *Lettres portugaises* suivi de *Guilleragues par lui-même* (Folio classique n° 2154)

HAMMETT, Dashiell, *Le faucon maltais* (Folio policier n° 644)

HEMINGWAY, Ernest, *Le vieil homme et la mer* (Folio n° 7 et Folio bilingue n° 103)

—, *Pour qui sonne le glas* (Folio n° 455)

HIMES, Chester, *La reine des pommes* (Folio policier n° 66)

—, *Imbroglio negro* (Folio policier n° 19)

HOLDSTOCK, Robert, *La forêt des Mythagos* (Folio SF nos 185, 186, 191, 192)

HOMÈRE, *Iliade* (Folio classique n° 700)

—, *Odyssée* (Folio classique n° 3235)

HUGO, Victor, *La légende des siècles* (Poésie Gallimard)

—, *Les misérables* (Folio classique nos 3223 et 3224)

—, *Notre-Dame de Paris* (Folio classique n° 4849)

HUTH, Angela, *Les filles de Hallows Farm* (Folio n° 3338)

IZZO, Jean-Claude, *Total Khéops* (Folio policier n° 194), *Chourmo* (Folio policier n° 195), *Solea* (Folio policier n° 196) et *La trilogie Fabio Montale* (Folio policier n° 420)

JARDIN, Alexandre, *Le petit sauvage* (Folio n° 2652)

JARRY, Alfred, *Ubu roi* (Folio n° 3704)

JONQUET, Thierry, *Mygale* (Folio policier n° 52)

KESSEL, Joseph, *Les cavaliers* (Folio n° 1373)

LA BRUYÈRE, Jean de, *Les caractères* (Folio n° 693)
LACLOS, Pierre CHODERLOS DE, *Les liaisons dangereuses* (Folio classique n° 894)
LA ROCHEFOUCAULD, François de, *Maximes et Réflexions diverses* (Folio n° 728)
LACRETELLE, Jacques de, *Silbermann* (Folio n° 417)
LAFAYETTE, Madame de, *La princesse de Clèves* (Folio classique n° 3381)
LAMARTINE, Alphonse de, *Méditations poétiques — Nouvelles méditations poétiques*, suivies de *Poésies diverses* (Poésie Gallimard)
LAO SHE, *Quatre générations sous un même toit* (Folio nos 3119, 3356, 3564)
LE BRETON, Auguste, *Du rififi chez les hommes* (Folio policier n° 53)
LE CLÉZIO, J.M.G., *Ritournelle de la faim* (Folio n° 5053)
LEIRIS, Michel, *Mots sans mémoire* (L'Imaginaire n° 375)
LEM, Stanislas, *Solaris* (Folio SF n° 92)
LEROY, Gilles, *Alabama song* (Folio n° 4867)
LITTELL, Jonathan, *Les Bienveillantes* (Folio n° 4685)

MAHFOUZ, Naguib, *La chanson des gueux* (Folio n° 2400)
MAKINE, Andreï, *Le testament français* (Folio n° 2934)
MALRAUX, André, *La condition humaine* (Folio n° 1)
MARGUERITE DE NAVARRE, *L'Heptaméron* (Folio classique n° 3359)
MARTIN DU GARD, Roger, *Jean Barois* (Folio n° 218)
MATHESON, Richard, *Je suis une légende* (Folio SF n° 53)
MAUPASSANT, Guy de, *La maison Tellier* (Folio classique n° 2783)
MEMMI, Albert, *Le scorpion ou La confession imaginaire* (Folio n° 3546)
—, *La statue de sel* (Folio n° 206)
MERLE, Robert, *Week-end à Zuydcoote* (Folio n° 775)
MISHIMA, Yukio, *Pèlerinage aux trois montagnes* (Folio n° 3093)
—, *La mer de la fertilité* (Folio nos 2022, 2231, 2368, 2426)
MODIANO, Patrick, *Villa triste* (Folio n° 953)
—, *Rue des boutiques obscures* (Folio n° 1358)
MOLIÈRE, *Les femmes savantes* (Folio n° 3230)

MONTAIGNE, *Les Essais*, livre I (Folio classique n° 289)
MONTESQUIEU, *Lettres persanes* (Folio classique n° 3859)
MONTHERLANT, Henry de, *Les jeunes filles* (Folio n° 815)
—, *Le songe* (Folio n° 1458)
—, *Pitié pour les femmes* (Folio n° 156)
MUSSET, Alfred de, *Premières poésies — Poésies nouvelles* (Poésie Gallimard)

NABOKOV, Vladimir, *Ada ou L'ardeur* (Folio n° 2587)
—, *La défense Loujine* (Folio n° 2217)
NDIAYE, Marie, *Trois femmes puissantes* (Folio n° 5199)
NÉMIROVSKY, Irène, *Suite française* (Folio n° 4346)
NESBØ, Jo, Les enquêtes de l'inspecteur Harry Hole : *L'homme chauve-souris* (Folio policier n° 366), *Les cafards* (Folio policier n° 418), *Rouge-Gorge* (Folio policier n° 450), *Rue Sans-Souci* (Folio policier n° 480), *L'étoile du diable* (Folio policier n° 527), *Le sauveur* (Folio policier n° 552), *Le bonhomme de neige* (Folio policier n° 575), *Le léopard* (Folio policier n° 659) et *Chasseurs de têtes* (Folio policier n° 608)
NIWA, Fumio, *L'âge des méchancetés* (Folio 2 € n° 4444)

ORMESSON, Jean d', *La gloire de l'Empire* (Folio n° 2618)
ORWELL, George, *1984* (Folio n° 822)
OULITSKAÏA, Ludmila, *Sonietchka* (Folio n° 3071)

PASCAL, Blaise, *Pensées* (Folio classique n° 4054)
PENNAC, Daniel, *La fée carabine* (Folio n° 2043)
—, *Monsieur Malaussène* (Folio n° 3000)
PEREC, Georges, *La disparition* (L'Imaginaire n° 215)
PRÉVOST, Abbé, *Manon Lescaut* (Folio classique n° 757)
PRIEST, Christopher, *La séparation* (Folio SF n° 310)
—, *Le prestige* (Folio SF n° 260)
PROUST, Marcel, *À l'ombre des jeunes filles en fleurs* (Folio classique n° 1924)
—, *Du côté de chez Swann* (Folio classique n° 1946)
—, *Sodome et Gomorrhe* (Folio classique n° 2047)
—, *Un amour de Swann* (Folio n° 780)
PULLMAN, Philip, *À la croisée des mondes* (Folio SF nos 130, 139, 146 et Folio nos 4615, 4616, 4617)

QUENEAU, Raymond, *Les fleurs bleues* (Folio n° 1000)
—, *Zazie dans le métro* (Folio n° 103)

RAHIMI, Atiq, *Syngué Sabour* (Folio n° 5043)
RENARD, Jules, *Journal* (1894)
—, *Poil de carotte* (Folio classique n° 1090)
RIMBAUD, Arthur, *Poésies* (Poésie Gallimard)
ROMAINS, Jules, *Knock ou Le triomphe de la médecine* (Folio n° 60)
ROSTAND, Edmond, *Cyrano de Bergerac* (Folio classique n° 3246)
ROTH, Philip, *La tache* (Folio n° 4000)
—, *Goodbye, Columbus* (Folio n° 1185)
ROUSSEAU, Jean-Jacques, *Julie ou La Nouvelle Héloïse* (Folio classique n° 2419-2420)
RUFIN, Jean-Christophe, *Rouge Brésil* (Folio n° 3906)

SAINT-EXUPÉRY, Antoine de, *Citadelle* (Folio n° 3367)
—, *Le petit prince* (Folio n° 3200)
—, *Pilote de guerre* (Folio n° 824)
—, *Vol de nuit* (Folio n° 4)
SAND, George, *Les maîtres sonneurs* (Folio classique n° 1139)
SARTRE, Jean-Paul, *Les mots* (Folio n° 607)
—, *Le mur* (Folio n° 878)
—, *La mort dans l'âme* (Folio n° 58)
SCHLINK, Bernhard, *Brouillard sur Mannheim*, avec Walter POPP (Folio policier n° 135), *Un hiver à Mannheim* (Folio policier n° 297) et *La fin de Selb* (Folio policier n° 542)
SIMMONS, Dan, *Vengeance* (Folio policier n° 301), *Revanche* (Folio policier n° 371), *Une balle dans la tête* (Folio policier n° 433) et *L'épée de Darwin* (Folio policier n° 324)
SOLLERS, Philippe, *Femmes* (Folio n° 1620)
STAËL, Germaine de, *Corinne ou l'Italie* (Folio classique n° 1632)
STENDHAL, *De l'amour* (Folio classique n° 1189)
—, *Le rouge et le noir* (Folio classique n° 3380)

TANIZAKI, Junichirô, *Journal d'un vieux fou* (Folio n° 3702)
TOLSTOÏ, Léon, *La guerre et la paix* (Folio classique nos 287, 288)

TOURNIER, Michel, *Eléazar ou La source et le buisson* (Folio n° 3074)
—, *Le roi des Aulnes* (Folio n° 656)
TRIOLET, Elsa, *Le premier accroc coûte deux cents francs* (Folio n° 371)

VALÉRY, Paul, *Le cimetière marin* dans *Poésies* (Poésie Gallimard)
VALLÈS, Jules, La trilogie de *Jacques Vintgras* (Folio classique nos 3397, 603, 669)
VERLAINE, Paul, *Sagesse-Amour-Bonheur* (Poésie Gallimard)
—, *Art poétique* dans *La Bonne chanson — Jadis et naguère — Parallèlement* (Poésie Gallimard)
VERNE, Jules, *Vingt mille lieues sous les mers* (Folio classique n° 4175)
VIGNY, Alfred de, *Poèmes antiques et modernes* (Poésie Gallimard)
VILLENEUVE, Madame de, *La Belle et la Bête* (Folio 2 € n° 5068)
VILLIERS DE L'ISLE-ADAM, Auguste de, *Contes cruels* (Folio classique n° 1456)
VILLON, François, *Poésies* (Poésie Gallimard)
VOLTAIRE, *L'ingénu* (Folio classique n° 3706)
—, *Candide ou L'Optimisme* (Folio classique n° 3889)

WALDER, Francis, *Saint-Germain ou La négociation* (Folio n° 2357)
WILDE, Oscar, *La ballade de la geôle de Reading* (Folio 2 € n° 4200)
—, *Maximes et autres textes* (Folio 2 € n° 5356)

YOURCENAR, Marguerite, *Alexis ou Le traité du vain combat* (Folio n° 1041)
—, *Les Mémoires d'Hadrien* (Folio n° 921)

ZOLA, Émile, *L'assommoir* (Folio classique n° 3303)
—, *La joie de vivre* (Folio classique n° 1654)

Composition Nord Compo
Impression Novoprint
à Barcelone, le 6 mai 2012
Dépôt légal : mai 2012

ISBN 978-2-07-044779-4/Imprimé en Espagne.

242562